Wolfgang Burger: Der Mord des Hippokrates

In alle Häuser, in die ich komme, werde ich zum Nutzen der Kranken hineingehen, frei von jedem bewussten Unrecht und jeder Übeltat, besonders von jedem geschlechtlichen Missbrauch an Frauen und Männern, Freien und Sklaven.
(Aus dem Eid des Hippokrates)

Wolfgang Burger:
Der Mord des Hippokrates
Kriminalroman

1. Auflage 2003
ISBN 3-934927-36-x

Leda-Verlag, Kolonistenweg 24, D-26789 Leer
info@leda-verlag.de
www.leda-verlag.de

Satz: Heike Gerdes
Lektorat, Korrektorat: Maeve Carels
Titelillustrationen: Andreas Herrmann
Grundschrift: Times
Druck und Gesamtherstellung: Bariet, Ruinen
Printed in Netherlands

Wolfgang Burger

Der Mord des Hippokrates

Kriminalroman

LEDA VERLAG

Für Heike, Maeve und Peter, ohne die es dieses Buch nicht gäbe.

1

So einfach ist es also, zum Mörder zu werden.

Ein wenig Gebrüll, ein bisschen Hitze, eine kreischende Kirmes, wirbelnde Lichter, die Todesspirale einer Achterbahn. Dann lange Zeit nichts, Dunkelheit, Taubheit. Später Schwindel und Übelkeit. Das ist alles.

Inzwischen kann ich wieder sehen. Dieser rote Nebel wird lichter. Noch ist er nicht ganz weg, aber es wird besser und besser. Was ich sehe, ist allerdings nicht gut: Die Griechin ist tot.

Sie liegt hier am Boden, vor mir, und ist ganz zweifellos tot. Offenbar bin ich immer noch verwirrt, was vielleicht kein Wunder ist, in Anbetracht der Umstände, denn in Wirklichkeit ist sie ja keine Griechin, wie ich erst seit kurzem weiß. Ist das jetzt wichtig? Hat es eine Bedeutung für mich? Nein, ich glaube nicht. Ich muss Acht geben. Ich darf nicht über solche Dinge nachdenken. Ich muss versuchen, meine Gedanken zusammenzuhalten. Bestimmt ist die Nationalität dieser Toten hier im Augenblick vollkommen unwichtig. Wichtig ist allein, dass sie tot ist, dass sie hier vor mir, nein, unter mir liegt, auf diesem verblichenen, schmutzigen Teppich, einem traurigen Imitat eines Persers, und wirklich und ganz offensichtlich tot ist. Ich muss das beurteilen können, schließlich bin ich Arzt. Und zu allem Unglück ist sie auch noch meine Patientin. Seit gestern Nachmittag. Seit sie meine Praxis betrat und mir dieses griechische Pillenschächtelchen auf den Tisch legte und all das andere geschehen ist, was mich schließlich hierher geführt hat. In diese Wohnung, in diese Situation, in diese unbeschreibliche Katastrophe.

In meinem Kopf ist noch immer dieses Toben, die Nachwehen des Sturms von vorhin, Irrlichtern der Nerven, das Verglimmen dieser alles mit sich reißenden Erregung. Hübsche weiße Sternchen sausen durch den roten Nebel. Sieht beinahe lustig aus. Mein Mund ist so trocken.

Nein, man braucht wahrhaftig nicht vierzehn Semester Medizin studiert zu haben, um zu erkennen: Sie ist tot. Bums. Aus. Hin und weg.

'Hin und weg', das habe ich doch kürzlich erst gehört? Richtig, Penelope hat es gesagt, 'hin und weg' sei Katharina gewesen. In einem völlig anderen Zusammenhang natürlich. Wie lange mag es her sein? Ein paar Stunden erst, acht oder neun. Unvorstellbar. Und auch da ging es um Katharina. Die jetzt tot ist. Abgekratzt, mausetot, aus die Maus. Wie vieles sich ändern kann in so kurzer Zeit.

Gott, ist mir schlecht. In meinen Händen kribbelt es, als würden tausend Ameisen meine Adern erforschen. Ich fürchte, ich muss mich gleich übergeben. Wie meine Sprechstundenhilfe Bettina heute Morgen. Oder gestern Morgen? Ich weiß nicht mehr. Ich muss darüber nachdenken. Später, wenn ich wieder denken kann.

Wie meine Hände zittern. Meine Gedanken wirbeln durcheinander wie alte Zeitungen im Oktobersturm. Vermutlich bin ich im Begriff, verrückt zu werden. Wenn ich es nicht schon bin.

Aber das darf nicht sein. Ich muss mich zusammenreißen. Auf keinen Fall darf ich den Verstand verlieren. Nichts brauche ich im Moment dringender, denn wenn mein Verstand mich nicht rettet, dann rettet mich nichts mehr.

Ich kann einfach nicht. Ich kann mich ja nicht einmal bewegen. Irgendetwas funktioniert nicht mehr in mir. Dabei ist dies doch keineswegs die erste Leiche, die ich in meinem Leben sehe, sehen muss. Ich kann mich noch so gut an die Alarmstimmung im Magen und das Würgen in der Kehle bei meiner ersten Leiche erinnern, damals in der Pathologie. Anatomie I, zweites Semester. Ein Bauarbeiter, aus dem fünften Stock vom Gerüst gestürzt. Kaum äußere Verletzungen, dafür jede Menge glibberiges schwarzes Blut beim Aufschneiden.

Die Diagnose war dann selbst für uns Anfänger einfach: Aortariss, nicht der schlechteste Tod. Sofortiger Blutdruckabfall auf Null, Verlust des Bewusstseins im Bruchteil einer

Sekunde, und Licht aus. Lange bevor das Nervensystem irgendwelche Schmerzen an die Zentrale melden kann, ist der Film zu Ende.

Seine Haut war so wächsern wie ungebackener Fleischkäse. Und dieser Geruch.

Ist mir verdammt schwer gefallen, damals. Aber das ist normal, das lässt keinen kalt, am Anfang. Hinterher habe ich stundenlang geduscht und mir noch nach Tagen eingebildet, diesen Leichengeruch an mir zu haben. War nicht schön, aber es musste sein. Da muss man durch.

Später, in der Klinik, war der Tod dann bald kein großes Thema mehr. Eine unschöne Verschlechterung der Stationsstatistik, eine kleine Beleidigung des persönlichen Ehrgeizes. Unangenehm die Angehörigen. Jemand ist ja immer da, der heult, verzweifelt, zusammenklappt. Und das tut weh. Auch nach über fünfzehn Jahren noch und Tausenden von Toten.

Von dieser hier weiß ich nicht einmal, ob sie überhaupt Angehörige hat. Doch, natürlich, wie konnte ich das vergessen: zumindest zwei Verwandte hat sie in der Stadt: Penelope und deren Mann. Aber es ist sehr unwahrscheinlich, dass ich es sein werde, der die schlimme Nachricht überbringen muss. Denn ich bin ihr Mörder und werde natürlich alles daran setzen, dass diese Tatsache mein Geheimnis bleibt.

Die Griechin, warum kann ich mir nicht abgewöhnen, sie 'die Griechin' zu nennen, liegt am Boden, auf dem Rücken, den Kopf im Todeskampf weit nach hinten gebeugt, weg, nur weg von mir, und ich sitze auf ihrer Brust, noch immer am ganzen Leibe zitternd, die Knie auf ihren Oberarmen, um mir ihre Hände vom Leib zu halten, und kann nicht aufhören, dieses hässliche Kissen zu kneten, mit dem ich sie eben erstickt habe. Ein selten scheußliches Ding, schwarzseiden glänzend, mit grellbunten Stickereien darauf. Menschen in Trachten, Häuser, Tiere, Blumen. Vielleicht aus ihrer Heimat, sicherlich handgemacht.

Und mit diesem Kissen habe ich Katharina also getötet. Wann? Vor zehn Minuten? Einer halben Stunde? Ich weiß es nicht. Ich kann mich nicht erinnern.

So einfach ist es also, zum Mörder zu werden.

Dabei habe ich sie doch kaum gekannt. Ich fange an zu rechnen. Jetzt. Statt Spuren zu verwischen, zu fliehen, meinen Hals zu retten, rechne ich. Aber immerhin, es geht, mein Kopf scheint wieder zu funktionieren, das Gehirn hat zumindest eine Art Notbetrieb wieder aufgenommen. Vor etwas mehr als zweiunddreißig Stunden war es. Damals war ich noch der angesehene Herr Doktor in mittleren Jahren mit gut gehender Praxis, einer hübschen, charmanten Ehefrau, ohne Kinder – manchmal denke ich: leider –, standesgemäßem Wagen, Rotary-Club, alles, was dazugehört. Ein sinnlos großes Haus am Westhang des Heiligenbergs. Seit meine Sprechstundenhilfe sich mal verplappert hat, weiß ich, dass die, die nicht das Privileg haben, dort zu wohnen, die Gegend den 'Bonzenbuckel' nennen.

Alles wie in einem richtigen, kitschigen Arztroman, und nun das hier. Nein, ich kann es nicht begreifen. Ich werde das niemals begreifen können.

Etwas Kaltes läuft meinen Rücken herunter, und plötzlich fühle ich, dass ich schweißüberströmt bin. Ich werde duschen müssen, bevor ich nach Hause fahre. Merkwürdig, immer, wenn ich auf diese Frau treffe, muss ich anschließend duschen. Ob es in dieser elenden Altbauwohnung wohl ein ordentliches Bad gibt? Ich muss nachsehen. Später, sobald ich mich wieder bewegen kann, werde ich nachsehen. Zweifellos wird es eine Dusche geben, es gibt doch heute überall eine Dusche, und dann werde ich mich lange, lange waschen, und dann muss ich verschwinden, nach Hause fahren.

Schwachsinn. Natürlich muss ich sofort weg von hier, so bald wie irgend möglich. Aber wie soll ich fahren können, in meinem Zustand? Und wie soll ich Anja unter die Augen treten, ohne rot zu werden, ohne mich sofort zu verraten? Wie soll ich überhaupt jemals wieder irgendwem ins Gesicht sehen, nachdem ich dies hier getan habe? Aber andererseits, bin ich nicht ebenso ein Opfer wie diese Tote hier? Ich habe sie getötet, ja, aber ich bin nicht schuldig.

Die Sternchen sind endlich verschwunden und der rote Nebel auch. Nur dieses Rauschen in den Ohren ist noch da. Wie schwerer Sommerregen auf belaubte Bäume bei offenen Fenstern.

Erinnerungen blitzen durch meinen Kopf. Wie sie hereinkommt, diese Augen, dieser ruhige Blick ohne jede Anzüglichkeit, ihre Brüste, ihre heißen, schweren Brüste, die plötzlich wie selbstverständlich in meinen Händen lagen. Ihr Lächeln vorhin, vor wenigen Minuten erst muss das gewesen sein. Dieses warme, offene Lächeln, das mich glauben ließ, nun würde doch noch alles gut werden.

Warum soll ich nicht einfach die Polizei rufen und ein Ende machen? Es lässt sich doch sowieso nicht verheimlichen. Zu viele Zeugen haben mich hier gesehen, in der Straße, in dieser Kneipe schräg gegenüber und sicherlich auch später, unten vor der Tür, mit Katharina zusammen. Dies ist ein dicht bewohntes Viertel. Drei, vier Stockwerke hohe Altbauten. Auf einer Fläche der Größe, wie meine Frau Anja und ich sie bewohnen, leben hier zwanzig Menschen.

Verlockender Gedanke: Ein paar Männer werden kommen, Profis, für die das hier nicht die Bohne aufregend ist. Sie werden mich irgendwo hinsetzen, wo ich ihre Arbeit nicht behindere, sicherheitshalber Handschellen anlegen, obwohl keine Fluchtgefahr besteht, aber man weiß ja nie, was in so einem Komiker vorgeht. Etwas zu trinken werden sie mir geben und eine Zigarette anbieten, die ich aber dankend ablehne, weil ich nicht mehr rauche, seit ich nicht mehr in der Klinik arbeite. Ruhige, erfahrene Beamte befragen mich ohne jede Aufregung. Fast gemütlich wird es werden, und ich werde sofort alles erzählen. Von Katharinas Brüsten, von ihren Augen, wie ich später mit ihr geschlafen habe und alles, was noch geschah. Nicht die unbedeutendste Kleinigkeit werde ich auslassen. Vermutlich werden sie sich ein Grinsen nicht ganz verkneifen können, wenn sie beginnen, die Zusammenhänge zu verstehen. Vielleicht werden sie auch ein bisschen den Kopf schütteln, aber nicht sehr, denn sie sind ja eine Menge gewöhnt, haben schon zu vieles erlebt, um sich noch über irgendwas zu wundern. Ein Irrer hat mal wieder irgendjemanden ins Jenseits befördert, die übliche Geschichte. Sie werden mir dankbar sein dafür, dass alles so einfach ist, dass der Mörder mit der Leiche gleich mitgeliefert wird, dass es keine Nacht- und Wochenenddienste geben wird, keine Überstunden, keine Lauferei, nur ein wenig Papierkram am nächsten Tag. Heute Nacht werden sie nicht mehr viel tun. Keine Gefahr im Verzug. Alles sonnenklar. Ja, bestimmt werden sie mir dankbar sein, weil ich so wenig Umstände mache. Ansonsten werde ich kaum noch eine Rolle spielen. Alles Weitere ist nicht mehr mein Bier.

Wenn ich kein Bier getrunken hätte, vorhin in dieser trüben Kneipe, dann würde Katharina vielleicht jetzt noch leben.

Für die Polizisten werde ich nur noch der Mörder sein, eine Randfigur in einem bürokratischen Verfahren. Erst müssen die wichtigen Dinge getan werden: Spuren gesichert, Nachbarn befragt, Fotos gemacht, Protokolle geschrieben. Später, morgen, wird man mich dann noch einmal ausführlich vernehmen. Aber es wird ganz schnell gehen, denn ich werde alles gestehen und alles erklären.

Kann man so etwas erklären? Dass ich getan habe, was ich mir niemals vorstellen konnte? Was mich immer so empört hat, wenn ich von Kollegen hörte, die sich auf so etwas einließen? Dass ich mit einer Patientin, die ich zum ersten Mal im Leben sah, innerhalb von Minuten ein Verhältnis anfing? Innerhalb von Augenblicken alle meine ehernen Prinzipien vergaß? Und am Ende nun auch noch das tat, was nach dem Eid des Hippokrates doch so unbedingt zu vermeiden ist: Meiner Patientin geschadet, wie ich ihr schlimmer nicht hätte schaden können?

Wie oft hat Anja sich über mich lustig gemacht, mich 'ihren tapferen Hippokrates' genannt, der sich zum Sklaven seines Eids macht, weil er seinen Beruf wie alles im Leben viel zu ernst nimmt. Wie oft hat sie mir vorgeworfen, ich würde mir nie etwas gönnen, Vergnügen sei ein Fremdwort für mich. Und nun habe ich mir einmal etwas gegönnt, ein Verhältnis, ein kleines sexuelles Abenteuer, ein sehr, sehr kurzes Vergnügen, und dies hier ist das Ergebnis.

Man wird mir zu Gute halten, dass ich geständig bin. Auch später vor Gericht wird das einen guten Eindruck machen, strafmildernd wirken. Selbstverständlich werde ich mildernde Umstände bekommen. Massenhaft mildernde Umstände werde ich bekommen. In keinem Mordprozess der Welt wird es jemals so viele mildernde Umstände gegeben haben wie in meinem. Und hoffentlich kommt dann auch endlich heraus, wer mir diese Geschichte eingebrockt hat, denn irgendeiner muss sie mir eingebrockt haben, davon bin ich jetzt mehr denn je überzeugt.

Und wer weiß, womöglich werde ich sogar freigesprochen, und die Hintermänner, Katharinas Komplizen, wandern an meiner Stelle in den Knast. Ja. Natürlich werde ich freigesprochen. Oder doch wenigstens Bewährung?

Schon wieder Schwachsinn. Keinerlei mildernde Umstände wird es geben für mich. Ich habe sie getötet, ohne jede Not. Sie hat mich nicht bedroht, zumindest nicht körperlich. Ich bin nicht geistig krank, zumindest habe ich das bis vor kurzem noch geglaubt. Und ich bin nicht betrunken, nicht genug, um auf verminderte Zurechnungsfähigkeit zu plädieren. Nein, es wird keine mildernden Umstände geben für Doktor Bernhard Quentin.

Soll ich Albert anrufen? Der ist doch Strafverteidiger, der muss doch wissen, was in einem solchen Fall zu tun ist?

Aber nein, das geht alles nicht. Niemand darf jemals hiervon erfahren. Anja würde sich sofort scheiden lassen, mit ihrem protestantischen Moralfimmel. Schon, dass ich sie betrogen habe, darf sie niemals wissen. Und das andere, dass ich ein Mörder bin, natürlich erst recht nicht. Wenn sie sich scheiden lässt, dann ist alles hin. Die Praxis, der Jaguar, das Haus, alles.

Um Gottes willen, der Jaguar! Der steht unten, vor der Haustür! Vermutlich auch noch unter einer Straßenlaterne, hübsch beleuchtet, und das in einem Stadtviertel, wo schon ein Baby-Benz Aufsehen erregt. Ebenso gut könnte ich nachher eine Visitenkarte an die Tür pinnen. Solche Wagen in Bordeauxrot gibt es bestenfalls zwei oder drei in Heidelberg. Was für ein Irrsinn! Aber konnte ich denn ahnen, dass ich Katharina töten würde?

Natürlich nicht. Zugegeben, ein wenig in Rage war ich schon. Aber ist das ein Wunder, nach allem, was sie mir angetan hat? Und dann muss ich ausgerastet sein. Obwohl das doch sonst gar nicht meine Art ist. Sonst bin ich doch ein so ruhiger, beherrschter Mensch. Zu beherrscht, wie Anja meint, immer ausgeglichen, immer zuverlässig bis zum Geht-nicht-mehr, immer der freundliche Onkel Doktor, dem man bedenkenlos Leben und Gesundheit anvertraut. Es geht einem schon besser, wenn man ihm nur ins unerschütterlich optimistische Antlitz sieht und seine kräftige, trockene Hand drückt … Ja, Scheiße!

Und noch immer sitze ich Wahnsinniger hier, auf meiner Leiche, die Hände zittern plötzlich wieder stärker. Kalt ist mir jetzt. Vorhin war mir heiß, höllenheiß, ein blutschwarzer Hitzesturm. Nie zuvor in meinem Leben war ich in einem solchen Zustand. Stresshormone, Adrenalin, Noradrenalin überschwemmen den Körper, Atmung, Kreislauf auf Höchstleistung, denn jetzt geht es um das Äußerste, um das Leben. Die Arterien sind weit geöffnet, alle nicht unbedingt lebensnotwendigen Körperfunktionen auf Sparbetrieb. Und später, wenn es überstanden ist, wenn die Anspannung nachlässt … Wenn ich mein Patient wäre, ich könnte mir wissenschaftlich exakt erklären, was gerade in mir vorgeht.

Aber all diese Erkenntnisse helfen mir nicht weiter. Ich muss jetzt etwas tun, verdammt noch mal, endlich etwas tun! Ich brauche klare Gedanken, gute Ideen, meinen ganzen sonst so blendend funktionierenden Verstand und reichlich Glück, dann bin ich vielleicht noch zu retten.

Ich kann nicht. Ich kann die Augen nicht von diesem Gesicht wenden. Es ist mir so vertraut, obwohl ich sie doch nur so kurz gekannt habe. Wie sie mein Behandlungszimmer betrat und auf mich zukam. Mit gesenktem Blick, vielleicht senkte sie immer den Blick, wenn sie einem Mann begegnete. In der Gegend im Süden, aus der sie kommt, sind die Frauen vielleicht zurückhaltender als hier, wer weiß. Dieses ebenmäßige, nur eine winzige Spur zu breite Gesicht, jetzt ist es ein wenig verzerrt. Die dunklen Augen weit aufgerissen in Todesangst, viel Weißes um die Iris mit den weiten Pupillen, auch ein paar rote Äderchen. Kein Glanz mehr, die Augen schon fast getrocknet, ein erster Hinweis auf den Todeszeitpunkt für den Kollegen von der forensischen Fakultät. Blass ist sie, die Frisur reichlich derangiert, aber sonst sieht sie fast genauso aus wie gestern Nachmittag, nein, vorgestern Nachmittag, denn Mitternacht ist ja schon vorüber. Immerhin weiß ich plötzlich wieder, wie spät es ist. Das ist doch schon mal was.

Ja, vorgestern Nachmittag habe ich Katharina zum ersten Mal gesehen. Dieses schöne, vielleicht nur ein wenig zu kantige, zu strenge Gesicht. Keinerlei Make-up, das üppige schwarze Haar zu einem lockeren Knoten im Nacken zusammengesteckt. Ein paar unordentliche Löckchen an den Schläfen. Dünne goldene Ringe an den Ohren, diese Südländerinnen lieben ja alle Goldschmuck. Der Ausdruck schwer zu deuten, nicht übertrieben intelligent, aber auch nicht dumm, nein, keinesfalls dumm. Eher zurückhaltend, undurchsichtig, ja, geheimnisvoll, warum nicht. Sonst durchschaue ich Menschen rasch. Ein kurzer Blick in ihr Gesicht, ein paar Worte aus ihrem Mund, und ich weiß, mit wem ich es zu tun habe. Katharina habe ich nicht durchschaut, und vielleicht ist das der Grund für alles. Dass ich mich mit ihr eingelassen habe, dass ich sie einen Tag lang so verzweifelt gesucht habe, nur um sie, nachdem ich sie dann endlich, endlich aufgespürt hatte, zu ermorden.

Ihre Augen. Vielleicht lag es auch nur an diesen dunklen Augen und daran, dass sie so wenig gesprochen hat. Keine zehn Worte habe ich gehört aus diesem Mund, der jetzt ein wenig offen steht und ein paar nicht übertrieben ebenmäßige Zähne freilegt. Darüber diese klassische Nase, eine griechische Nase, wie man sie von Skulpturen antiker Göttinnen kennt. Und dieser Blick, dieser unbegreifliche, bodenlos tiefe Blick, aus dem ich einfach nicht schlau wurde.

Ja, plötzlich bin ich sicher: Mit diesem Blick hat alles begonnen. Diese Augen sind schuld daran, dass ich jetzt vor dem Ruin stehe. Nicht vor Pleite, Konkurs, Bankrott, nein: vor dem endgültigen, dem absoluten Nichts. Rien ne va plus.

Nach Baden-Baden könnte man mal wieder fahren und im Casino … Anja liebt das ja so, das Spielen um Geld, ständig schließt sie mit irgendwem Wetten ab über alles und jedes. Ein paar Mal hat sie es sogar geschafft, mich nach Iffezheim zu diesen albernen Pferderennen zu schleppen, wo sie dann regelmäßig ein paar Tausender verlor, sich über die Hüte hoffnungslos übertakelter Damen amüsierte und über die roten Gesichter älterer Herren, die schon Schlagseite hatten vom ständigen Nippen an ihren Champagnergläsern. Auf der Rückfahrt hatte sie dann immer den leuchtenden Blick eines glücklichen Kindes und konnte vor Aufregung nicht eine Sekunde den Mund halten. Das Einzige, wofür sie sich den ganzen Nachmittag lang keine Sekunde interessiert hatte, waren die Pferderennen.

Mein Gott, ich bin wirklich nicht mehr ganz richtig im Kopf. Immer noch sitze ich hier, denke irgendwelchen belanglosen Unsinn von Casinos und Pferderennen und sollte doch im Gegenteil alle meine noch vorhandenen Reste von Energie zusammenkratzen und versuchen zu retten, was noch zu retten ist. Aber da sind ja keine Reste mehr, das ist ja das Problem. Alle meine Energien habe ich vorhin verbrannt in diesem Höllensturm. Jetzt bin ich leer und schwach, unendlich müde, so gut wie tot.

Natürlich, das ist es: ein kurzer Moment der Überwindung, ein kleiner Schmerz vielleicht, und dann Nacht und Stille für immer. Keine Probleme mehr. Kein Krach mit Anja, kein Prozess, kein Gefängnis. Aber wie macht man das, wie nimmt man sich das Leben? Wenn ich in meiner Praxis wäre, dann wüsste ich Mittelchen und Wege, zumindest wenn in meinem Giftschrank noch etwas drin wäre. Aber hier? Vielleicht aus dem Fenster? Wenn meine Erinnerung mich nicht trügt, wohnt Katharina im zweiten Obergeschoss. Keine gute Ausgangsposition für einen Selbstmord durch Fenstersturz. Ich würde mir ein paar Beulen holen, einen Knöchel brechen und mich zu allem Überfluss auch noch lächerlich machen.

In der Küche wird es Messer geben. In jeder Küche der Welt gibt es doch Messer …

Nein, so schnell gebe ich nicht auf. Habe ich mein Leben lang gearbeitet und Anjas Nervenzusammenbrüche ertragen, um nun wegen dieses Weibsstücks hier alles hinzuschmeißen? Die hat es verdient, verflucht noch mal. Ich habe es nicht gewollt, es war Affekt. Jetzt erst weiß ich übrigens, was das bedeutet: Affekt. Aber es ist wahr, sie hat es verdient. Sie wollte mich vernichten und nun habe ich eben sie vernichtet.

Endlich beginnen meine Hände sich zu bewegen. Ich weiß nicht, wie viele Minuten, nachdem Katharina aufgehört hat zu zucken, sich zu winden, aufzubäumen, mit so erschreckender Kraft zu wehren. Endlich bin ich im Stande, das Kissen auf ihr Gesicht zurückzulegen, es loszulassen, mich zu erheben, unsicher. Für einen Moment muss ich Halt an einer Tischkante suchen, zucke beim Gedanken an Fingerabdrücke zurück, stecke sicherheitshalber die Hände in die Taschen, stehe leicht schwankend, löse den Blick von ihr. Rechts tut etwas weh, am Brustkorb. Ich taste vorsichtig. Sie muss mich im Todeskampf geschlagen haben. Später werde ich nachsehen. Ansonsten scheine ich zumindest äußerlich unbeschädigt zu sein.

Was für eine unglaubliche Kraft sie hatte.

Die Vorhänge sind aufgezogen, im Haus gegenüber gedämpftes Licht, buntes Geflacker, ein Fernseher. Auch hier brennt Licht. Ich habe meinen Mord in aller Öffentlichkeit begangen. Eine unbekannte Anzahl Menschen hatte Gelegenheit, mir gemütlich dabei zuzusehen. Was für ein Wahnsinn! Sofort die Vorhänge zu!

So schnell geht das also: Zweiunddreißig Stunden vom grundsoliden und hoch angesehenen Herrn Doktor zur vernichteten Existenz. Zweiunddreißig Stunden Achterbahn von ziemlich weit oben bis ganz nach unten. Ein altvertrautes, so lange vergessenes Gefühl: Gleich fange ich an zu heulen. Wenn ich doch jemanden wüsste, der mir helfen könnte, den ich um Rat fragen dürfte, der mich festhält.

*

Wie so viele Katastrophen hat auch diese mit einer winzigen Kleinigkeit, einem unbedeutenden, ganz alltäglichen Ereignis begonnen. Jeder Hurrikan beginnt mit der sachten Bewegung eines Blatts, ein Eisenbahnunglück vielleicht mit einem kaum hörbaren Geräusch von einem defekten Rad, ein inoperabler Hirntumor kündigt sich dadurch an, dass man sich auf einmal keine Namen mehr merken kann. In meinem Fall war es ein Summen der Sprechanlage am späten Nachmittag eines hitzestarrenden Sommertags, eigentlich unzulässig, weil ich gerade eine Patientin hatte, demnach wichtig. Normalerweise handelt es sich um einen Notfall, wenn Bettina sich über mein Verbot hinwegsetzt, während einer Sitzung zu stören. Ein Patient droht mit Selbstmord, oder auf dem Hof steht ein Notarztwagen mit rotierenden Blaulichtern, und die Sanitäter schleppen eben einen Sterbenden die Treppe hinauf. Auf Bettina ist Verlass, wir sind ein perfektes Team.

Ich weiß sogar noch den Namen der Patientin: Frau Heldt, Verdacht auf Magenkarzinom. Letzte Woche hatten wir die Biopsie gemacht, und nun war der histologische Befund da.

Verkündung des Urteils: Der Angeklagte kommt herein wie zur Schlachtbank geführt, setzt sich steif auf die vorderste Stuhlkante, ist verzweifelt vor Angst und den Tränen nah. Wenn es eine Frau ist, dann reißt sie um ein Haar ihre Handtasche in Stücke. Ist es ein Mann, bricht er sich beinahe die Finger. Man spielt den Starken: Das ist ja alles schon mal da gewesen, Sie sind weiß Gott nicht die Erste, die das überstehen wird, kein Grund zur Sorge, bei Ihrer Konstitution. Und überhaupt, ein Kinderspiel, heutzutage. Die Fortschritte der Medizin, Sie verstehen. Eine kleine Operation, ein paar Wochen Krankenhaus, und wenn Sie wieder herauskommen, dann sind Sie wie neu und werden mindestens neunzig.

Eine kleine, tödliche Unehrlichkeit steckt zu oft in diesem Satz: 'Wenn Sie wieder herauskommen' kann auch bedeuten 'Falls Sie wieder herauskommen'. Der Rest ist Statistik: Mortalität weit über sechzig Prozent, bei ihrem schlechten Gesamtstatus eher fünfundneunzig. Die Metastasierung weit fortgeschritten. Ein, zwei Jahre noch, höchstens. Wenn sie Pech hat, noch ein paar Operationen, wenn sie Glück hat, geht es schnell.

Aber heute war alles anders, für Frau Heldt lautete das Urteil: negativ. Nur ein harmloses nervöses Magengeschwür. Ein paar Pillen zur Regulierung des Magensäurehaushalts würde ich ihr verschreiben, eine leichte Diät und viel Kamillentee. Das sind die Höhepunkte im Leben jedes Arztes, dazu hat man die ganze Plackerei auf sich genommen: Man lächelt, nimmt mit wichtigem Gesicht ein Papier hoch, und plötzlich ist man Gott. Der gütige, nicht der rächende Gott. Also, liebe Frau Heldt, ich habe gute Neuigkeiten … Und fünf Minuten später verlässt ein neugeborener Mensch den Raum, diesmal wirklich mit Tränen in den Augen, jetzt aber vor Glück und grenzenloser Erleichterung, fast singend vor überschäumender Freude und einem bis ans Lebensende dankbar, obwohl man doch überhaupt nichts dafür kann.

2

Also, die Sprechanlage. Bettina: „Doc, ich hab hier Herrn Schmerbeck in der Leitung. Es sei ganz furchtbar wichtig. Darf ich durchstellen?“

Frau Heldt hatte ihre gute Neuigkeit schon incorporiert, schniefte ein bisschen vor sich hin, tupfte die Augenwinkel mit einem rosa Tüchlein, das todsicher nach Lavendel roch, und rang um Fassung. Vermutlich würde sie ganz froh sein, wenn sie ein paar Sekunden Pause hatte, um sich wieder zu fangen, also war die Störung tolerabel. Ich nickte ihr entschuldigend zu, sie lächelte wehmütig-glücklich, ich machte im Stuhl eine Vierteldrehung nach links, lehnte mich zurück und ergab mich in mein Schicksal.

„Okay. Geben Sie ihn mir.“

Winfried Schmerbeck, auch im Club, Inhaber der Dante-Apotheke gleich um die Ecke. Der flotte Winni, standhafter Junggeselle, leichter Hypertoniker mit starkem Hang zu schmutzigen Witzen und, obwohl er mit seinen roten Haaren und Sommersprossen überhaupt nicht danach aussieht, einer für mich immer wieder verblüffenden Wirkung auf Frauen. Daneben ist er Golfspieler mit ordentlichem Handicap und Sportwagenfahrer. Irgend so ein italienisches Cruise-Missile auf Rädern fährt er, von dem ich noch nicht einmal weiß, wie man den Markennamen schreibt.

Winni stammt aus anderen Verhältnissen als ich. Er hatte schon als Fünfzehnjähriger mehr Taschengeld, als mancher Alte an Rente ausbezahlt bekommt. Einer von diesen Typen, die als Student im Porsche und mit Samsonite-Köfferchen eine Viertelstunde zu spät zu jeder Vorlesung kommen. Dabei ist er keineswegs überheblich, immer freundlich, immer lustig, immer bereit, einem zuzuhören. Das prägt den Charakter, wenn man nie um etwas kämpfen musste, wenn man immer schon auf der Sonnenseite gelebt hat, wenn man sein Selbstbewusstsein nicht erstreiten musste, sondern beim Spielen im Laufställchen gefunden hat. Anja mag ihn ganz gern, findet ihn temperamentvoll, unterhaltsam, charmant, ich finde ihn laut und oberflächlich. Aber wahrscheinlich bin ich nur eifersüchtig auf seinen nervtötenden Erfolg beim anderen Geschlecht.

Und ich kann Leute nicht ausstehen, die immer gute Laune und für alles Verständnis haben.

„Bernhard? Du, entschuldige dreitausendmal die Störung. Ich hab hier ‘ne Frau im Laden stehen. Sie will ein Medikament, das es bei uns nicht gibt. Eine Ausländerin, und sie kann leider auch kaum Deutsch. Jemand muss sie sich ansehen und was Passendes verschreiben. Du kannst sie doch rasch dazwischenschieben und kurz durchchecken?“

So was kommt vor. Manche gehen nicht zum Arzt, wenn ihnen etwas fehlt, sondern in die Apotheke, um sich ihr Mittelchen auf eigene Rechnung und Verantwortung zu kaufen. Zu den Aufgaben des Apothekers gehört es, in kritischen Fällen einzuschreiten und sie zum Arzt zu schicken. Das ist richtig so, das muss man unterstützen. Und außerdem - ich fühlte mich gerade so gut. Warum also nicht.

„Lässt sich machen. Schick sie rüber.“

„Prima, dank dir. Wie geht’s sonst, was machen die Geschäfte?“

„Kann nicht klagen.“

„Und die werte Frau Gemahlin?“

Ich hasse Leute, die immerzu meinen, reden zu müssen, wo schon alles gesagt ist.

„Gut, soweit ich weiß. Man sieht sich ja nicht mehr so oft.“

„Ja, ja, die böse Arbeit, nicht wahr?“ Er lachte schon wieder. „Denk an das nette kleine Konto in der Schweiz, das hilft oft über das Ärgste hinweg. Und grüß Anja von mir, falls du sie doch mal treffen solltest.“

Warum hört er nicht auf? Muss ich noch einsilbiger werden? Ich sage einfach gar nichts mehr.

„So, genug gequasselt.“

Hurra! Er hat's begriffen!

„Ich schick sie dir also rüber. Guck sie dir an. Sie ist es übrigens wert, das Angucken!"

Ich hatte schon nicht mehr richtig zugehört. „Wer, Anja?"

Und wieder lachte er. „Die natürlich auch, aber in diesem Fall hab ich diese Ausländerin gemeint. Griechin ist sie, glaub ich."

„Na, da bin ich aber gespannt."

Natürlich war das gelogen: Natürlich war ich kein bisschen gespannt. Und er fing schon wieder an, vermutlich weil ihm im letzten Moment noch einer seiner viertelseidenen Herrenwitze eingefallen war. Aber nun war genug.

„Entschuldige, Winni. Ich hab hier eine Patientin, und ..."

Mein erster Fehler: Ich habe diese Griechin kommen lassen. Obwohl sie keinen Termin hatte, obwohl das Wartezimmer voll war. Vielleicht hatte ich einfach zu gute Laune, wegen dieser Frau Heldt vielleicht. Hätte Frau Heldt Magenkrebs gehabt, dann wäre Katharina noch am Leben, und ich säße jetzt zu Hause, neben meiner fernsehenden Anja, würde ein Buch lesen oder mich wieder einmal vor Langeweile besaufen. Nein, vermutlich würde ich längst schlafen.

Ich hatte also zugesagt und wusste noch nicht, dass ich in diesem Augenblick in eine Achterbahn gestiegen war. In tiefster Nacht in eine unbeleuchtete Achterbahn ganz für mich allein, auf einem stockdunklen und tödlich lautlosen Rummelplatz. Es gab einen unmerklichen Ruck, und die Fahrt begann.

Ich informierte Bettina, und schon zehn Minuten später kam die Griechin herein. Hochgewachsen und auf eine schwer zu beschreibende Weise schön. Das Erste, was mir an ihr auffiel, war dieses Strenge, Abgezirkelte in ihren Bewegungen, ihre aufrechte, stolze Haltung, wie eine Tänzerin vielleicht, oder eben eine griechische Göttin. Sie war Mitte zwanzig und verfügte über einen Corpus vom Allerfeinsten. Nicht übertrieben schlank, aber auch nicht zu üppig, alles gerade so, wie es meiner Meinung nach sein sollte. Auch der Fortbewegungsapparat war, soweit erkennbar, keinesfalls zu verachten.

Sie trug eine kurzärmlige, etwas zu bunte Blümchenbluse und einen gerade geschnittenen, schwarzen Rock, der über den Hüften leicht spannte und die wohlgeformten Oberschenkel zur Hälfte bedeckte. An den Füßen flache Sandaletten, die nur aus Sohlen und Lederriemchen bestanden. Keine Strümpfe, bei der Hitze.

Alles in allem also ein wirklich erfreulicher Anblick. Winni hatte schon Recht gehabt, sie war das Angucken zweifellos wert. Den Blick hielt sie gesenkt, während sie auf mich zukam, geschritten kam.

Bettina hatte das Kärtchen schon durchgezogen, und so flimmerte das Wenige, was ich in den nächsten vierundzwanzig Stunden über diese Frau wissen sollte, auf meinem Bildschirm. Name: Penelope Karathanos, Nationalität: griechisch, Beruf: Studentin, Vorerkrankungen: nicht bekannt, Versichert: privat. Privat ist gut.

Ich erhob mich andeutungsweise und reichte ihr, wie es sich gehört, die Hand. Ihr Händedruck war unmerklich leicht. Die Hand selbst schlank und warm und vollkommen trocken.

„Nun, Frau … Kara-tha-nos, was kann ich für Sie tun?"

Sie blickte auf und sah mich an mit ihren großen dunkelbraunen Augen. Da sie stand, während ich schon wieder saß, sah sie auf mich herab. Ihr Gesicht war eine Spur zu breit, die Augen standen weit auseinander, ein leicht fliehendes Kinn unter dem fast zu großen Mund. Und ihr Blick, dieser verdammte Blick, hatte etwas von aufgeblendeten Autoscheinwerfern. Man kann nicht wegsehen, wenn man einmal hineingesehen hat, und wenn man die Augen dann endlich doch in eine andere Richtung gezwungen hat, sieht man dennoch nichts anderes.

Plötzlich fühlte ich mich nackt. Oder durchsichtig. Als ob sie Dinge von mir wüsste, die sonst niemand weiß. Nicht einmal ich selbst.

Mit einer abgemessenen Bewegung legte sie ein zerknautschtes Pillenschächtelchen auf den Tisch. Erst viel später fiel mir auf: Alle ihre Bewegungen waren so eigentümlich schnörkellos, ökonomisch, als ob jede überflüssige Regung unglaubliches Geld kostete. Auch ihre Augen schienen sich nur zu bewegen, wenn es einen zwingenden Anlass dafür gab. Vielleicht war es diese Ruhe und Stetigkeit, die ihrem Blick seine Durchschlagskraft verlieh.

Die Griechin zog die Hand von dem Kartönchen zurück und sagte mit einer dunklen, etwas heiseren Altstimme ein einziges Wort: „Bitthä."

Entweder sie konnte tatsächlich kein Deutsch, oder sie vermied auch im Sprechen überflüssige Verrenkungen. Ich ergriff die Schachtel und betrachtete die Aufschrift. Es waren griechische Schriftzeichen. Zum Glück kann man als Mediziner ein bisschen Griechisch, Altgriechisch zwar, und fast alles vergessen natürlich, aber so weit reichte es: Irgendwas für die Lunge. Nun, man wird sehen.

„Ziehen Sie bitte Ihre Bluse aus. Ich möchte Sie kurz untersuchen", sagte ich mit dem üblichen Lächeln, das längst ganz ohne mein Zutun auf meinem Gesicht erscheint, wenn ich einen Patienten anspreche.

Sie guckte verständnislos, ich demonstrierte mit den Armen, was ich meinte und zeigte ihr das Stethoskop. Ein Lungenbefund wird bei einem griechischen Kollegen nicht anders aussehen als bei uns, das musste sie kennen. Sie nickte auch, langsam und ernst, legte ihr billiges Lackhandtäschchen sachte auf den Besucherstuhl, knöpfte sich im Stehen, sie hatte sich ja noch immer nicht hingesetzt, langsam, alles so verflucht langsam, die Blümchenbluse auf. Eine einfache, kurzärmlige Bluse, nicht unhübsch, aber Kaufhaus, eindeutig. So was würde meine gute Anja nicht mal zum Fensterputzen nehmen. Falls sie je auf den Gedanken kommen sollte, selbst Fenster zu putzen.

Nachdem die Griechin ihre Bluse mit einer perfekt abgerundeten Bewegung auf die Stuhllehne gelegt hatte, hakte sie ohne zu zögern den BH auf. Mein zweiter Fehler: Ich habe es nicht verhindert. Bevor ich mich rühren konnte, war er ab, und ich unterließ es, sie zu bitten, ihn gleich wieder anzuziehen. Es hätte mich ein paar Sekunden gekostet, aber es wäre natürlich umständlich gewesen, bei ihren Sprachkenntnissen, und irgendwie - ich weiß auch nicht. Jetzt war er eben ab. Ich mag so etwas nicht besonders, vor allem bei schönen Frauen ist es mir eher unangenehm. Obwohl ich schon so lange in diesem Geschäft bin, ist es für mich immer noch eine peinliche Situation, wenn eine nackte, oder in diesem Fall halb nackte und zudem attraktive Patientin vor mir steht und ich so tun muss, als ließe es mich gleichgültig, obwohl es niemals so sein wird.

Der BH lag schon auf der Stuhllehne, und nun stand sie da, mit entspannt hängenden Armen, sah mich an, ernst, und wartete. Ich klappte den Mund wieder zu, zwang mich, von ihren Brüsten weg und in ihr Gesicht zu sehen, stand nach einer halben Schrecksekunde auf und begann sie abzuhorchen. Rechter Lungenflügel oben, unten, linker Lungenflügel oben, unten, Bronchien, „Bitte tief einatmen …“ Eine leichte Bronchitis, fast schon abgeheilt, nichts von Bedeutung. Wahrscheinlich hatte sie nachts noch manchmal Hustenanfälle und wollte etwas dagegen haben. Was Leichtes, Schleimlösendes würde ich ihr verschreiben. Routine.

Ich klopfte den Rücken ab, ließ sie nochmals einatmen, sie gehorchte, ausatmen, gut. Ihr Herz schlug kräftig und ruhig. Sie verströmte einen leichten Geruch, der mir von sehr viel früher vertraut war, aus meiner Kindheit oder frühen Jugend. Ich kam nicht gleich darauf, was es war. Erst später wurde mir klar: Sie roch nach schlichter Sauberkeit, wie der Waschraum einer Jugendherberge. Nach einfacher Seife und billiger Zahnpasta. Keine Spur von einem Parfum.

Nachdem ich mit dem Rücken fertig war, kam, nur der Vollständigkeit halber, vorne noch mal das Gleiche, gefährlich nah an ihren bloßen Brüsten. Arme anheben, gut. Gehorsam atmete sie ein und aus, und ihr Herz schlug so verdammt ruhig und gleichmäßig.

Das Ganze dauerte keine halbe Minute. Ich knüllte das Stethoskop zusammen, hob den Blick, und dann der dritte, der entscheidende Fehler: Ich sah ihr wieder in die Augen. Eine Sekunde, zwei Sekunden, den Bruchteil einer Sekunde zu lange. Sie stand einen halben Meter von mir entfernt, bequem mit der Hand zu erreichen, mit hängenden Armen und bloßen Brüsten, wundervollen, perfekt geformten Brüsten, mit großen, dunklen Warzenhöfen, atmete ruhig und gleichmäßig und ich hatte noch immer das Pochen ihres Herzschlags im Ohr. Oder war es schon mein eigener Puls, den ich hörte? Sie erwiderte meinen Blick. Gelassen und aufmerksam. Wenn ein Funke von Reserviertheit in diesen Augen gewesen wäre, wenn sie nur die Andeutung einer Schutzbewegung gemacht hätte, ich hätte mich abgewandt, wäre zum Schreibtisch gegangen und hätte ein Rezept geschrieben wie Tausende zuvor. Wenn sie andererseits auch nur eine Spur von Verlangen an den Tag gelegt, ein wenig gelächelt, eine Braue gehoben hätte, ich wäre zurückgezuckt, und nichts wäre geschehen. Erst viel später habe ich begriffen, dass ich in dieser Sekunde verführt wurde. Und dabei gab es nicht einmal eine winzige Geste, nicht die kleinste Veränderung der Miene.

Nie hat eine Verführung weniger Kraft gekostet.

Später fiel mir Luther ein. Ausgerechnet mir fiel Luther ein. 'Hier stehe ich und kann nicht anders'. So stand sie da. Geduldig wartete sie auf das Kommende, auf meine Kapitulation, die zu diesem Zeitpunkt längst vorprogrammiert war, auf ihren Triumph. Ohne ein einziges Mal zu zwinkern sah sie mir in die Augen. Mit hängenden Armen und bloßen Brüsten. Diesen göttlichen Brüsten, diesen ozeantiefen dunklen Augen ... Und ich hielt mein dämliches Stethoskop in der Hand und glotzte sie an wie ein pubertierender Jüngling die erste nackte Frau seines Lebens. Und dann war es zu spät.

Dies war der Moment, in dem meine Achterbahn den Ausklinkpunkt an der höchsten Stelle der Strecke passierte. Es machte unhörbar, aber dennoch überdeutlich „Klack", und die Fahrt begann. Eine Schussfahrt mit rasender Beschleunigung in den schwarzen Abgrund, durch nichts und niemanden mehr aufzuhalten. Ich nahm das Stethoskop in die andere Hand, hob die jetzt freie, rechte und fasste ihre linke Brust von unten. Sie war schwer, heiß und fest. Meine Hand glitt langsam, nachdenklich nach oben und mit der Rückseite der Finger sachte über die Brustwarze, die schon steif war. Ich fühlte, wie mein Schwanz, der heimtückischste und bösartigste aller menschlichen Körperteile, wie ich inzwischen weiß, schwer wurde. Ich spürte, wie sie leise erbebte, blickte wieder hoch, und noch immer sah sie in meine Augen. Nichts in ihrem Gesicht hatte sich verändert. Doch: Sie schien nicht mehr in mich hinein, sondern durch mich hindurchzusehen. Und ein Glanz lag in ihren Augen, der vorher nicht da gewesen war.

Mein Ding hatte sich inzwischen in der Hose verklemmt, und in meinem Kopf hatte die Abteilung für Fortpflanzung und Arterhaltung im Handstreich das Kommando übernommen. Das alles ging so schnell, so vollkommen selbstverständlich und automatisch, dass all meine Kontrollmechanismen versagten. Bevor ich noch etwas denken konnte, hatte mein Gehirn das Denken bereits eingestellt. Ich ließ das Stethoskop einfach fallen, griff mit beiden Händen um ihre nackte Taille und zog sie an mich. Sie erwiderte meine Umarmung, keine Sekunde zögernd, aber auch nicht hastig, sondern völlig ruhig. Als sei es die selbstverständlichste Sache der Welt. Vielleicht, weil man hier im Norden seine Arztrechnung eben auf diese Weise bezahlt, als Frau.

Oder als wären wir ein seit Ewigkeiten bekanntes, unendlich vertrautes Paar. Als hätte sie seit vielen Jahren auf mich gewartet. Nur auf mich.

Irgendwann war sie weg. Meine Brille beschlagen, die Haare zerwühlt, ich am ganzen Leib verschwitzt und vollkommen weggetreten. Mein Schwanz hatte die Führung übernommen. Gedacht habe ich erst am nächsten Morgen wieder. Aber da half es nichts mehr.

Ein Rezept hatte sie nicht bekommen. Dafür drückte sie mir im Hinausgehen beim letzten Kuss ein Zettelchen in die Hand, wie ich erst Minuten später bemerkte. Eine ungeübte Kinderschrift, mehr gemalt als geschrieben:

Im Weiher 218. Bis zehn.

Nachdem ich so weit abgekühlt war, dass meine Stimme wieder funktionierte, bat ich Bettina über die Sprechanlage, das Patientenfließband vorübergehend anzuhalten. Ich brauchte zehn Minuten Pause. Das kommt hin und wieder vor, daran war nichts Ungewöhnliches. Ich musste duschen. Auch das war nichts Besonderes. Ein Arzt schwitzt nicht, das ist unhygienisch. Ein Doktor hat allzeit klinisch sauber zu sein, steril zu riechen, immer ist er ausgeruht und jederzeit vollkommen Herr seiner selbst. Und wenn einer von Natur aus viel schwitzt, so wie ich, dann muss er eben an heißen Tagen trotz Klimaanlage fünfmal duschen und zweimal das Hemd wechseln. Die Mädels waren es gewöhnt und dachten sich nichts dabei.

Merkwürdigerweise wusste ich in der ersten Sekunde, dass ich hingehen würde.

Dabei war ich meiner Frau niemals zuvor untreu gewesen. Na ja, fast nie. Ganz zu Beginn ein, zwei Mal, aber da waren wir noch nicht verheiratet. In diesen Kliniken springen nun mal eine Menge knackige Schwesterchen herum, von denen nicht wenige ihr Lebensziel darin sehen, dereinst beim Bäcker mit 'Frau Doktor' angesprochen zu werden. Manch eine Kollegengattin, der der kleine Finger vom ständigen Abspreizen schon ganz steif geworden ist, hat einst als Hilfsschwester Pipiflaschen geleert und Bettpfannen geschrubbt. Da kommt man schon mal in Versuchung, und man ist ja auch nur ein Mensch. Aber das ist Ewigkeiten her, und damals waren wir wirklich noch nicht verheiratet.

Das eine Mal später, das einzige Mal, war ich dermaßen betrunken, und das Ziel meiner hilflosen Bemühungen nicht minder, dass eine niederschmetternde Blamage daraus wurde. Hinterher haben wir uns beide entsetzlich geschämt, und ich konnte der Frau lange nicht in die Augen sehen. Es hat dann später nie auch nur einen Hauch von Einverständnis, ein verschwörerisches Lächeln oder Augenzwinkern zwischen uns gegeben. Und Anja hat natürlich niemals davon erfahren.

Daran, wie ich den Rest dieses vermaledeiten Nachmittags überlebte, habe ich keine Erinnerung. Ich kann nur hoffen, dass ich niemandem mit einem falschen Rezept in den Tod geschickt habe. Aber das läuft ja alles so mechanisch, so eingeübt, und das Allermeiste ist ja nur dümmliche Routine. Wenn die Leute wüssten, wie beiläufig das bei uns geht, sie würden um ihr Leben fürchten, sobald sie eine Arztpraxis betreten. Den größten Teil ihrer Rezepte könnten sie sich problemlos aus einem Automaten ziehen. Ich stelle mir das vor wie diese neumodischen Fahrkartenautomaten: ein paar Knöpfe für die gängigsten Symptome, vielleicht noch drei Tasten für leicht-mittel-schwer, ein Schlitz für den Münzeinwurf und ein beleuchtetes Fach mit einer durchsichtigen Klappe, wo am Ende das Rezept herauskommt. Die Kassen könnten unendlich viel Geld einsparen, aber ich werde mich natürlich fein hüten, meinen Vorschlag zu veröffentlichen.

Irgendwann kam die erlösende Meldung: „Das war jetzt der Letzte, Doc. Wir machen dann Schluss, okay?"

„Geht in Ordnung. Schönen Abend, die Damen."

Viertel nach sieben, und alles war wie immer. Als ob ich mich nicht im freien Fall in den Schlund eines kochenden Vulkans befände, als ob ich nicht an diesem Nachmittag den Verstand verloren hätte, so vollständig und restlos, dass mir erst sechzehn, in Worten: sechzehn Stunden später auffiel, dass Katharina den Zettel mit dieser Adresse fix und fertig aus der Tasche gezogen hatte, dass alles ein so unglaublich billiges, so abgefucktes Spiel war. Ja, 'abgefuckt' ist weiß Gott der passende Ausdruck hier. Und ich Rindvieh, ich Riesen-Rindvieh - ich habe die Sekunden gezählt, bis ich draußen die Tür klappen hörte, dann noch vorsichtshalber bis hundert, damit ich meine Mädchen nicht auf der Treppe über den Haufen renne, und dann habe ich alles stehen und liegen lassen und bin davongetobt. Wie ein geiler Bock auf seine Ziege, wie der allerletzte Idiot, der ich, wie sich ja nur allzu bald herausstellte, auch war.

'Im Weiher' liegt in Handschuhsheim, einem Vorort nördlich der Stadt, einem irgendwann eingemeindeten Bauerndorf. Nie zuvor war ich in dieser Gegend gewesen, ich kenne mich dort nicht aus, einen Stadtplan hatte ich nicht zur Hand, aber all das war überhaupt kein Problem. Ich fand das Sträßchen instinktiv, ohne großes Suchen, wie ein Schmetterlingsmännchen, das sein Weibchen aus kilometerweiter Entfernung riechen kann und schnurgerade auf es zufliegt, einfach immer dem Geruch nach mit dem einen, alles andere überragenden Ziel: es zu begatten, sich fortzupflanzen. Es ist ein Wunder, dass ich niemanden überfahren habe, und wahrscheinlich wäre ich nicht im Stande gewesen, ohne Stottern meinen Namen zu nennen, wenn mich jemand danach gefragt hätte. Mein Herz klopfte wie das eines Primaners vor seinem allerersten Rendezvous.

Den Jaguar stellte ich mit einem letzten Rest Verstand einige Meter von der angegebenen Hausnummer entfernt ab, ging ein paar wackelige Schritte zu Fuß, an einer Reihenhauszeile entlang, vollkommen mechanisch, ungefähr so intelligent wie ein Schmetterlingsmännchen eben, wunderte mich nur für eine winzige Sekunde darüber, dass da ein ganz und gar ungriechischer Name an der Klingel stand und hatte ihn schon wieder vergessen, als die Tür aufging, ohne dass ich den Knopf berührt hatte.

3

Das Haar trug sie jetzt offen, ihre Füße waren nackt, gekleidet war sie wie am Nachmittag in Rock und Blümchenbluse. Ich stellte jedoch sehr rasch fest, dass das auch schon alles war, was sie am Leib trug. Offenbar hatte sie fest mit meinem Kommen gerechnet, war sich meiner Kapitulation vollkommen sicher gewesen. So musste ich ihr lediglich zwei Kleidungsstücke von ihrem wundervollen Körper reißen, um sie so vor mir zu haben, wie ich sie mir seit Stunden unentwegt vorstellte.

Ich wollte ja nur das Eine und zwar sofort. Und bei ihr war es offenbar nicht anders. Inzwischen weiß ich natürlich: Sie tat nur so, sie spielte das ja alles nur, das Dreckstück. Und wie gut sie es spielte! Ich weiß noch, wie die Haustür hinter mir ins Schloss fiel, wie ich in einem Flur stand, einem engen, mit einer überladenen Garderobe, einem albernen Schuhschränkchen und irgendwelchem Kinderkram zugebauten Flur stand, und ohne alle Umstände daranging, ihre Bluse aufzuknöpfen, während sie schon an meinem Gürtel fummelte. Fast meine gesamte Kleidung blieb unmittelbar hinter der Haustür liegen. Aber ich dachte mir natürlich nichts dabei, ich Trottel. Ich dachte ja schon lange nichts mehr.

Mit Mühe schafften wir es ins Schlafzimmer. Das erste Mal war ein Schnellschuss, ohne jedes Drumherum, ohne Gefummel und Geschnurre, wie die Tiere, einfach drauf und hoppla. Als ob ich Jahre im Gefängnis gesessen und sie ihr bisheriges Leben im Kloster verbracht hätte. Aber eine Nonne war sie nicht, Gott ist mein Zeuge. Merkwürdig, wie oft ich von Gott spreche, seit ich sie getroffen habe. Obwohl ich doch schon vor Ewigkeiten aus der Kirche austrat und noch viel länger an keinen Gott mehr glaube.

Nach kaum dreißig Sekunden war der erste Gang zu Ende. Dann kam jedoch nicht das Gewohnte, ein wenig kuscheln und bald selig gemeinsam dösen, nein, nun ging es überhaupt erst richtig los. Diese Frau hatte eine Fingerfertigkeit und eine Phantasie, das war Welten entfernt von Anjas protestantischem Pflichtbeischlaf. Ich war praktisch besinnungslos und ließ mich einfach treiben. Schwebte durch rotglühende Höhlen, sah phantastische Landschaften, wurde auf einem besonnten See von einer Sommerbrise leise hin und her gewiegt. Ich weiß nicht mehr, was ich in dieser Zeit getan habe, ob ich überhaupt etwas getan habe. Es dauerte, wie ich natürlich erst viel später ausrechnete, über eine Stunde bis zum zweiten Mal, und was dann kam, war der Höhepunkt meines Lebens. Ein Feuerwerk mit Blitz und Donner, Orchestrion und Gebrüll.

Ich schreie sonst nicht beim Orgasmus. Ich habe sogar, ehrlich gesagt, schreiende Männer bisher immer für eine Erfindung übereifriger Regisseure zweifelhafter Filmchen gehalten. Dieses Mal habe ich geschrien. Sie kam fast gleichzeitig. Ein Erdbeben, Stärke neun Komma fünf auf der nach oben offenen Richterskala, verbunden mit einer kochendheißen Sturmflut und einem Vulkanausbruch.

Noch Stunden später, als ich längst zu Hause war und mich schlaflos im eigenen Bett wälzte, haben mir ihre Schreie in den Ohren gegellt.

Als ich wieder zu mir kam, war es fast zehn, die Armbanduhr hatte ich noch an, und noch immer hatten wir kein einziges Wort gesprochen. Urplötzlich überschwemmte mich eine nie gekannte Kälte, und ich verabschiedete mich mit einer Hast, die weit jenseits der Grenze zur Beleidigung lag. Für einen kurzen Augenblick hielt sie – wie ich mir einbildete: sehnsüchtig – meine Hand fest, küsste sie, drückte sie an ihre heiße Wange, sah im Sitzen mit ihren Scheinwerferaugen zu mir auf und sagte etwas in ihrer Sprache und mit ihrer warmen Stimme zu mir, was sehr schön klang, ich aber natürlich nicht verstand. Sie war ja eine so verflucht gute Schauspielerin, diese Hexe. Dann ließ sie mich gehen, ich raffte meine Sachen zusammen, die, wie ich glaubte, noch genauso im Flur herumlagen, wie ich sie hatte fallen lassen, und floh. Ja, es war eine elende Flucht, vor ihr, vor mir selbst, vor meinem niederschmetternden Mangel an Selbstbeherrschung.

Ich kann mich überhaupt nicht daran erinnern, wie dieses Schlafzimmer aussah.

Noch bevor ich den Wagen erreichte, krachte mir mit der Gewalt eines gusseisernen Kanaldeckels die postcoitale Depression auf den Schädel. Gewissensbisse, Angst vor Entdeckung, Angst vor Erpressung, vor Ansteckung. Es gibt da ja die feinsten Sachen: Gonorrhoe, Hepatitis A, B, C, Syphilis, Aids und Pest und Cholera. Wenn es etwas gibt, wovon ich was verstehe, dann ist es das. Ich war so gut wie tot.

Jede, aber auch wirklich jede Vorsicht hatte ich außer Acht gelassen. Noch wenige Stunden früher hätte ich jeden Kerl für hoffnungslos verblödet erklärt, der sich auf so etwas einlässt und noch dazu auf solche Weise. Und nun steckte ich selbst mittendrin.

Als ich mit fliegenden Fingern die Wagentür aufschloss, sah ich mich schon von meiner Frau und der Welt verlassen mit einer Schnapsflasche im Arm auf einer Parkbank meinem Tod entgegenfrieren.

Denn mein größtes Problem war nun, nach dem ersten Schrecken: Was sollte ich Anja sagen? Dass ich abends spät aus der Praxis kam, war nichts Ungewöhnliches. Aber dann pflegte ich vorher anzurufen und wenigstens so zu tun, als täte es mir Leid. Inzwischen hatte sie vermutlich zehnmal versucht, mich zu erreichen, und ich würde in übelste Erklärungsnotstände geraten.

Nach kurzem Überlegen fuhr ich in die Weststadt zurück, zur Praxis, auf neutrales Terrain. Zunächst einmal musste ich mich beruhigen, dann duschen, um den Geruch dieser Frau loszuwerden, der zweifellos an mir haftete, und nebenbei musste ich mir die Ausrede meines Lebens einfallen lassen.

Mein Laden liegt in einem riesigen Altbau am südlichen Ende der Häusserstraße. Soweit ich das beurteilen kann, stammt das Gebäude aus den zwanziger Jahren. Alle vier Geschosse des hässlichen, aber geräumigen und zweckmäßigen Kastens sind mit Arztpraxen belegt. Ganz unten haust Kemmler, ein über die Jahre arg zynisch gewordener Gynäkologe, darüber ich, dann Masurat, ein HNO-Spezialist, und ganz oben ein junger Kinderarzt, der erst vor einem halben Jahr aufgemacht hat und nicht aufhört, sich zu wundern, warum so wenige Patienten zu ihm finden. Das Einzige, was in dem Haus fehlt, ist ein Fahrstuhl, und ich wollte ihm immer schon mal den Tipp geben, versuchsweise selbst ein dreijähriges, schreiendes Kleinkind ins dritte Obergeschoss hinauf- und wieder herunterzuschleppen, habe es mir aber bisher verkniffen. Ich mische mich ungern in die Angelegenheiten anderer.

Wenn es auch einen Zahnarzt gäbe, so bestünde vom medizinischen Standpunkt aus gesehen keine Notwendigkeit, jemals im Leben das Gebäude zu verlassen. Wir bezeichnen es als Ärztehaus, Anja nennt es die Spritzenkiste, und für den glücklichen Besitzer ist das Ding vermutlich einfach nur ein wundersamer, unerschöpflicher Geldautomat.

Zu den anderen Kollegen habe ich kaum Kontakt. Man sieht sich hin und wieder im Treppenhaus, grüßt sich leutselig und wechselt ein paar inhaltslose Worte. Nur Kemmler erzählt mir manchmal einen seiner Witze, die allesamt so schmutzig sind, dass sie sich nur ein Gynäkologe merken kann.

Als ich den Wagen auf dem leeren Parkplatz neben dem mondänen Eingang abstellte, hatte ich mir immerhin schon eine halbwegs plausible Erklärung für Anja zurechtgelogen: Ein Pharmavertreter sei gekommen und habe mich zum Essen eingeladen. So was kommt vor. Er habe überaus interessante neue Sachen gehabt und wir seien so ins Fachsimpeln (Anja würde sagen: Fachblödeln) vertieft gewesen, dass ich leider vollkommen vergaß, sie anzurufen. Und – darauf war ich besonders stolz, denn das war reine Psychologie –: Es gebe da eine Möglichkeit zu einem Fortbildungskongress in

Palo Alto, zwei Wochen mit Damenbegleitung und alles von *Alphapharm* bezahlt.

Darauf würde Anja abfahren. Wenn es etwas umsonst gibt, dann bekommt sie glänzende Augen. Auch heute noch, wo sie längst mehrfache Millionärin ist.

Es kam dann alles ganz anders: Sie sei gar nicht zu Hause gewesen, erklärte sie mir gelangweilt am Telefon. Ein Volkshochschulkurs, Literatur, was weiß ich. Ich erzählte aus dem Stegreif etwas über Ärger mit der Kassenärztlichen Vereinigung, die mich um ein paar tausend Euro betrügen wollte. Sie war's zufrieden, hörte kaum zu und wollte ohnehin bald ins Bett gehen.

Anja ist abends oft unterwegs, was ich gut verstehe. Sie hat so viele Interessen, die ich nicht teile, und meist stehe ich ja nicht einmal als Interesse heuchelnder Begleiter zur Verfügung. Fast jeden Abend gibt es in der Praxis noch etwas zu erledigen, wozu ich im Laufe des Tages wieder nicht gekommen bin. Da sind Abrechnungen zu machen oder zu prüfen, Berichte zu schreiben, Statistiken für weiß der Teufel wen zu fälschen. Und immer ist es mehr und dauert länger, als ich dachte. Die Praxis läuft jetzt seit fünf Jahren auf meinen Namen, und bis heute habe ich die Hoffnung nicht aufgegeben, dass es mit der Zeit besser wird. Ich versuche mehr und mehr auf die Mädchen abzuwälzen, aber unsere Gesundheitsbürokratie schafft es immer noch, schneller neue Vorschriften und Arbeitsgänge zu erfinden, als ich sie meinen Angestellten beibringen kann.

Seit sie ihren Beruf aufgegeben hat, interessiert Anja sich neben ihren ständig wechselnden Sportarten sehr für Kultur. Sie geht zu Lesungen, Kunstausstellungen, in Konzerte, und ich müsste lügen, wenn ich behaupten wollte, dass ich sie gerne begleiten würde.

Sie hat Pharmazie studiert und früher in der Apotheke des Marburger Uniklinikums gearbeitet, wo wir uns vor fünfzehn Jahren kennen und lieben lernten. Nach ihrer überraschenden Erbschaft und unserem Umzug nach Heidelberg arbeitete sie noch eine Weile in der Schloss-Apotheke, erst noch Vollzeit, dann halbtags und nach einem halben Jahr gab sie den ohnehin ungeliebten Job auf. Seither kümmert sie sich nur noch um ihre zahlreichen Freizeitinteressen. Jeden Abend weiß sie mir tausend aufregende Geschichten zu erzählen, von Dingen und Ereignissen zu berichten, die mich kaum interessieren, von Menschen, deren Namen ich nie gehört oder anschließend sofort wieder vergessen habe.

Ich erklärte Anja großmütig, sie solle nicht auf mich warten, war erleichtert, dass alles sich so problemlos regelte, und fühlte mich wie der allermieseste Hund dabei. Ich duschte, bis ich aussah wie ein frisch gebrühtes Schlachtschwein, und versuchte meine Kleidung durch heftiges Herumwedeln auszulüften. Wenn es dort oben doch irgendwo einen Gott geben sollte, der alles von uns weiß und unser Treiben beobachtet, bei diesem Anblick muss er sich vor Lachen den Bauch gehalten haben, wenn er über so etwas wie Humor verfügt. Zum Glück fand sich noch ein frisches Hemd im Wandschrank. Ich rannte noch eine Weile aufgelöst im Kreis herum und beschloss dann, zur weiteren Beruhigung meiner geplagten Nerven ein wenig spazieren zu gehen.

Wie mir zum Hohn war es eine sternenklare und friedliche Sommernacht. Immer noch war es warm, ein Hauch von Wind streichelte mein Gesicht, in Höfen und auf Balkons lachten Menschen, es roch nach Gegrilltem und irgendwelchen Blumen. Erst kam es mir vor, als wollte die ganze Welt mich auf den Arm nehmen, doch dann wagte ich allmählich, mich ein wenig besser zu fühlen und Hoffnung zu schöpfen.

Es würde, es musste einfach gut gehen. Wer sollte etwas von der Geschichte erfahren? Nur ich und diese Griechin wussten davon. Ich würde tunlichst meinen Mund halten, sie kannte niemanden aus meiner Umgebung, konnte sich kaum verständlich machen bei ihren minimalen Sprachkenntnissen, und ich würde sie niemals, niemals, niemals wiedersehen. Falls doch, würde ich sie nicht kennen. Und gleich morgen früh würde ich mir Blut abnehmen und einen Aidstest machen lassen. Dafür hat man als Arzt immer eine plausible Ausrede. Ich konnte mich mit einer Injektionsnadel gestochen oder mit einem Skalpell geschnitten haben. Bis das Ergebnis da war, würde ich nicht mit Anja schlafen. Wie ich sie kannte, würde sie nicht übermäßig traurig sein darüber. Vermutlich würde sie es nicht einmal bemerken.

Aber dann fiel mir ein: Die Inkubationszeit bei Aids beträgt acht bis zwölf Wochen, vorher sind keine Antikörper nachweisbar. Unsere erzwungene Enthaltsamkeit würde also eine Weile andauern. Seltsamerweise war ich froh über diese Erkenntnis, über die Probleme, die ich mir mit meinem Leichtsinn eingehandelt hatte. Eine gerechte Strafe für meine Schandtat. Wer gesündigt hat, muss büßen. So muss das sein.

Erst nach Mitternacht traute ich mich endlich nach Hause. Anja schlief schon fest, und ich schlich mich, von irgendwelchen Göttern kichernd beobachtet, wie die billige Karikatur eines treulosen Ehemannes in mein Bett, lag ewig wach, wagte kaum, mich zu bewegen, bekam Kreuzschmerzen, schlief dann, nach vier, endlich doch ein, erwachte um halb sieben mit wummernden Kopfschmerzen – und fand das alles gut und richtig. Eine weitere angemessene Strafe für mich gestrauchelten Ehemann. Und nicht die schlechteste Ausrede für morgendliche Wortkargheit. Zum Frühstück nahm ich zwei Tabletten, ließ mich mitleidsvoll verabschieden und pünktlich um acht stand ich wieder in meiner Praxis.

Dort war der Teufel los. Es war eingebrochen worden. Der Medikamentenschrank, unser Giftschrank, war ausgeräumt, ratzeputz leer. Alle Schubladen waren herausgezogen und vermutlich auf der hastigen Suche nach Geld ausgekippt worden. Die Mädchen waren außer Rand und Band und hatten nur auf mich gewartet.

„Gut, dass Sie kommen, Doc! Wir müssen unbedingt sofort die Polizei anrufen! Wir haben nur gewartet, bis …“

„Mein Gott, mein Gott, so was hab ich ja überhaupt noch nie erlebt!“

„Ganz bestimmt war das wieder mal so ein Rauschgiftsüchtiger!“

„Oder diese Rumänenbanden!“

„Bei dem … jetzt hab ich doch vor Aufregung glatt vergessen, wie der heißt, also da ist auch mal so was passiert. Den haben sie dann aber später gekriegt, und was soll ich euch sagen, das ist dann wirklich so ein Rauschgiftsüchtiger gewesen!“

„Oh Gott, mir dreht sich alles, ich muss mich hinsetzen. Mir ist auf einmal so schlecht!“

„Hat denn jetzt schon jemand die Polizei angerufen?“

„Wie sind die eigentlich überhaupt reingekommen? Es ist ja überhaupt gar nichts kaputt?“

„Oh Gott, ich glaub, mir wird wirklich schlecht!“

„Warum telefonieren wir denn nicht endlich mal nach der Polizei?“

„Jesus Maria, Bettina! Du bist ja ganz blass! Doc, sie muss sich übergeben! So helft mir doch, um Himmels willen!“

Endlich war ich im Stande, mich zu rühren. Wir schleppten Bettina auf die Toilette, wo sie sich mit beachtlicher Ausdauer übergab. Dadurch entstand eine Pause in diesem Durcheinander, und es gelang mir, ein paar klare Gedanken zu fassen.

Es gab keinerlei Spuren von gewaltsamem Eindringen. Kein aufgebrochenes Schloss, nicht einmal einen Kratzer an der Tür, nichts. Die Diebe mussten demnach Schlüssel gehabt haben. Und selbstverständlich wusste ich sofort, woher. Es war ja alles so einfach, so schmerzhaft sonnenklar: Während ich im Schlafzimmer mit der Griechin herumhurte, hatte jemand in aller Ruhe meinen Schlüsselbund aus der im Flur liegenden Hose gepult, mit Umsicht und Sorgfalt Abdrücke angefertigt und alles wieder an seinen Platz gelegt. Profis sind zu so was in der Lage, in kürzester Zeit, das weiß ich. Sie machen Wachsabdrücke und legen den Schlüssel zurück. Das dauert keine Minute und man merkt nichts davon. Anschließend fertigen sie woanders Nachschlüssel an. Ganz einfach geht das.

Die Kriminalpolizei bietet eine Beratung an, wie man sich und sein Eigentum gegen Einbrecher schützen kann. Und da waren wir mal, kurz nachdem wir dieses unglaubliche Haus am Heiligenberg bezogen hatten. Plötzlich wohnten wir ja in einer Gegend, wo nicht zufällig vorbeikommende Gelegenheitsganoven mal eben versuchen, ob sich ein Fenster aufhebeln lässt, sondern wo Profis mit Planzeichnungen, Computern und schwerem Gerät vorfahren und sehr genau wissen, was sie vorhaben. In einer Gegend, wo aus jedem Haus so viel wegzutragen ist, dass eine Durchschnittsfamilie Jahre davon leben könnte. Und seit dieser Beratung weiß ich: Niemals, auch nicht für Minuten, die Schlüssel unbeaufsichtigt lassen. Meine hatten Stunden im Flur eines mir fremden Hauses gelegen.

Zudem hatte ich versäumt, die Schlösser der Praxistüren gegen moderne auswechseln zu lassen, damals, bei der Übernahme. Denn auch das weiß ich natürlich: Die neuen Schlösser sind wesentlich genauer gearbeitet, da geht das nicht mehr gar so leicht mit einem Wachsabdruck. Aber es waren eben noch die alten – schon Sicherheitsschlösser, der alte Wendland war ja kein Idiot, zumindest kein so kolossaler wie ich, aber es waren eben ältere, einfache Schlösser. Immer hatte ich vorgehabt, sie austauschen zu lassen, es dann aber vergessen im Trubel der Renovierung und danach.

Bettina hatte Früchtemüsli und Kaffee zum Frühstück gehabt und offenbar auch einen Apfel oder zwei. An apple a day keeps the doctor away. Endlich war sie hinreichend entleert und atmete ruhiger. Auf ihren Wangen erschienen wieder die üblichen roten Flecken, und beim Zurückwanken in den Empfangsraum brauchte sie kaum noch Hilfestellung.

„Tut mir Leid“, murmelte sie verlegen. „Weiß auch nicht, der Kreislauf. Ich kann Stress am Morgen einfach nicht vertragen.“

Ich sagte ihr nicht, wie dankbar ich ihr dafür war, dass sie mir durch ihren Zusammenbruch ein bisschen Zeit zum Überlegen verschafft hatte. Die anderen hatten inzwischen eine flüchtige Inventur gemacht. Neben dem kompletten Inhalt unseres Giftschranks fehlten nur ein paar Kleinigkeiten wie zwei Lippenstifte und ein Liebesroman, in dem Monika heimlich schmökerte, wenn gerade nichts zu tun war, wie sie errötend gestand.

Ich hatte mir inzwischen einen ersten, kurzfristigen Notstandsplan zurechtgelegt. Zunächst musste ich die Mädels beruhigen, dann musste ich dringend ein gescheites Argument dafür finden, warum wir nun doch nicht die Polizei rufen sollten, zumindest nicht gleich. Außerdem musste ich es schaffen, mir irgendwie einen etwas längerfristigen Aktionsplan zurechtzulegen, und inzwischen ging alle dreißig Sekunden diese verdammte, völlig unbeschädigte Tür auf, und ein Patient oder eine Patientin trudelte herein und vergrößerte den Menschenauflauf, der wild gestikulierend herumstand und schon wieder mit zunehmender Lautstärke kreuz und quer krakeelte.

Es war zum Verzweifeln. Ich bin kein Held, der mitten im größten Chaos in eiskalter Ruhe seine einsamen Entscheidungen trifft. Ich brauche Ordnung zum Denken. Durcheinander kann ich nicht vertragen.

Schließlich vertröstete ich das Volk auf halb neun und zog mich in mein Behandlungszimmer zurück. Dort versuchte ich, Ruhe in meinem Kopf zu schaffen und Überblick über meine neue Lage zu gewinnen. Nach einiger Zeit klappte das auch ganz gut, und das Ergebnis meiner Überlegungen war eindeutig und von niederschmetternder Klarheit: Ich war erledigt.

Die Praxis gehörte faktisch Anja. *Sie* war es, die das Geld geerbt hatte, *ihr* hatte ich es zu verdanken, dass ich seit noch gar nicht so langer Zeit nicht mehr in der Klinik schuften musste, sondern mein eigener Chef war.

Was haben wir uns gefreut, als ihr Onkel Gregor starb und sich Anja zur allseitigen Überraschung als Alleinerbin entpuppte. Nie habe ich begriffen, warum. Der Kontakt war bestenfalls lose gewesen. Mal eine Karte zu Weihnachten, mal eine Flasche Wein zum Geburtstag. Ein paar Mal war sie vor vielen Jahren mit ihm Segeln gewesen, auf seiner Yacht, die er damals in Cannes liegen hatte. Natürlich, er hatte keine Familie, keine Kinder, nur diesen riesigen Hund, einen schwarzen Labrador, glaube ich. Aber es gab da schon noch andere Verwandte, irgendwo. Im Grunde war es mir ja auch herzlich gleichgültig. Was zählte, war das Geld und was sich daraus machen ließ.

Dass Onkel Gregor nicht arm war, hatten wir natürlich gewusst. Irgendwelche, soweit ich das beurteilen kann sogar legalen, Import- und Exportgeschäfte hatte er betrieben. Erst im Laufe der folgenden Tage und Wochen kam jedoch Stück für Stück heraus, um wie viel es tatsächlich ging bei dieser Erbschaft. Onkelchen hatte alles meisterhaft getarnt, versteckt, verschleiert, und das Schönste war, der Fiskus ging nahezu leer aus. Das Haus am Heiligenberg war offensichtlich, das ließ sich auch beim besten Willen nicht verstecken. Aber die Besteuerung lief über Einheitswert. Inklusive Park war dieser Millionenschuppen für die Erbschaftssteuer gerade mal hunderttausend Mark wert.

Die Yacht wurde verkauft, weil Anja das Segeln ohne ihren Onkel keinen Spaß machte und sie sich damals ohnehin schon längst auf das Windsurfen verlegt hatte.

Gut, das Mehrfamilienhaus in der Innenstadt, nur wenige Meter westlich der Heilig-Geist-Kirche, die beiden unteren Etagen zu einhundertachtzig Mark pro Quadratmeter an eine Nobel-Boutique vermietet, brachte natürlich einiges mehr für den Finanzminister. Aber das Haus warf andererseits ein Geld ab, dass man chronische Gleichgewichtsstörungen davon bekommen konnte, als leitender Oberarzt in Besoldungsgruppe A15. Nebenbei hatte Onkelchen noch dies und jenes fest angelegt im Ausland, was wir dort erst mal liegen und sich weiter brav vermehren ließen, und schließlich hatte das alte Schlitzohr, wie wir erst zwei Wochen später entdeckten, nachdem wir endlich den Schlüssel gefunden hatten, noch sage und schreibe siebenhundertachtzigtausend Mark in bar in einem kleinen Panzerschrank im Arbeitszimmer. Einfach so. Es war unfassbar. Summa summarum über sechs Millionen, die jetzt uns gehörten, uns ganz allein. Genauer: Anja.

Was sind wir herumgetobt, haben geschrien und gesungen, uns immer wieder geherzt, umarmt, geküsst. Schluss mit Klinikstress und Altbauwohnung mit engem Bad und knarrenden Böden. Ende mit Nacht- und Wochenendschichten, adieu Bereitschaftsdienste, nie wieder Notoperationen nachts um halb vier, nie wieder Hackerei mit dem Chef, für den wir, die Ober- und Assistenzärzte, die Arbeit taten, die der Drecksack dann privat liquidierte.

Und: auf Wiedersehen Hausarbeit! Endlich sollten Anjas Hände so aussehen, wie sie sich immer schon gefühlt hatte: rein und vornehm. Eine Haushälterin musste her! Und dazu am besten gleich noch ein Gärtner, bei dem Riesengrundstück!

Wieder und wieder haben wir die unvorstellbare Summe auf ein Blatt Papier geschrieben, in Worten, in Zahlen, kreuz und quer. Haben uns ausgemalt, wie lange das Geld reichen würde, wenn wir jeden Tag eintausend Mark auf den Kopf hauen würden. Tagelang waren wir völlig weggetreten und mehr oder weniger ständig betrunken. Ein Haus hatten wir ja jetzt, ein Superhaus, mit Pool und Sauna und allem. Eine Praxis musste her, ein Traum von einer Praxis, eine riesige Praxis, eine ungeheure Praxis. Dazu ein neues, endlich ein ordentliches Auto, eine Weltreise und ich weiß nicht, was noch alles.

Aus der Weltreise ist aus unerfindlichen Gründen dann lediglich ein zweiwöchiger Hawaii-Trip geworden, aber ansonsten lief alles wie am Schnürchen: Der alte Doktor Wendland musste seine Praxis damals gerade ziemlich überstürzt aufgeben, und ich konnte sie übernehmen. Überraschend günstig, vorsichtig ausgedrückt, da er gesundheitlich nicht ganz auf der Höhe und unter Zeitdruck war. Vor wenigen Wochen erst ist er gestorben. Eigentlich wollte ich anstandshalber zur Beerdigung, aber dann vergaß irgendwer, irgendwelche Termine abzusagen, und am Ende war ich froh, eine Ausrede zu haben.

Wendlands zickige alte Sprechstundenhilfe, dieses unsägliche Fräulein Zierfuß, konnte mich vom ersten Tag an nicht leiden. Sie machte mir eine Szene nach der anderen, als der ganze weiß lackierte Schrott und Wendlands spätmittelalterliche Folterinstrumente auf den Müll flogen. Als dann auch noch die ersten PCs und diese schnippischen jungen Kolleginnen in der Praxis auftauchten, erkrankte sie heftig und hoffentlich unheilbar an der Leber. So blieb es mir erspart, einen Grund für ihre Entlassung zu erfinden. Hin und wieder rief sie mich später noch an, um mich zu beschimpfen und mir die Schuld daran zu geben, dass es ihrem verehrten alten Chef so schlecht ging. Sie muss jetzt weit über sechzig sein, und in diesem Alter entwickeln manche Menschen offenbar merkwürdige Ansichten.

Wenn es meine Zeit erlaubte, habe ich immer gerne ein paar Minuten mit ihr herumgezankt. Sie ist verblüffend kreativ im Erfinden immer neuer Vorwürfe und Konstruieren ausgefallener Verschwörungstheorien. So hatte ich abends auch mal was zu erzählen, worüber Anja lachen konnte. Seit Wendlands Tod wurde es dann aber doch ein wenig lästig. Seither hat Bettina Anweisung, sie nicht mehr durchzustellen.

Schon nach wenigen Monaten lief der Laden, dass es nur so krachte. Alles war neu, alles perfekt, einschließlich der Sprechstundenhilfen. Es war ein Traum, ich war glücklich. Zumindest dachte ich bis gestern, ich sei es. Aber lässt sich jemand, der glücklich ist, so mir nichts, dir nichts mit einer wildfremden Frau ein? Weiß der Teufel. Vielleicht. Vermutlich. Offensichtlich. Ich wusste es nicht, ich wusste ja gar nichts mehr.

Doch, das immerhin war mir klar: Jetzt war ich unglücklich. Denn mit diesem Einbruch war alles hin. Natürlich musste ich ihn der Polizei melden, alles andere war strafbar. In unserem Giftschrank liegen neben dem üblichen Tabalon und Novalgin auch diverse opiathaltige Mittelchen für die ganz schweren Fälle, über die Bettina sorgfältig im Betäubungsmittelbuch Aufzeichnungen führt. Es war also unvermeidlich, dass Anja von der Geschichte erfuhr. Und wenig später zwangsläufig von den technischen und schließlich auch von den menschlichen Hinter- und Abgründen. Dann würde sie mir die Szene aller Szenen machen, sämtliches Geschirr und die leichteren Teile des Mobiliars zertrümmern, und sich Knall auf Fall scheiden lassen. Niemand kennt ihr Temperament besser als ich. Sie ist im Stande, wegen weit unwichtigeren Angelegenheiten einen Stunden anhaltenden, alles vernichtenden Tornado zu entfesseln und mir vier Wochen lang böse zu sein.

Die Sache mit der Griechin würde sie mir bis in den Tod nicht verzeihen. Sie würde den besten Anwalt nehmen, den sie haben konnte, oder besser zwei davon, und am Ende würde ich mit einem erbärmlichen Häufchen Scherben dasitzen. Mitte vierzig, ohne Arbeit, ohne Wohnung und bis über die Halskrause verschuldet. Und das alles wegen eines läppischen Seitensprungs? Wegen ein paar jämmerlicher Sekunden Lust?

Nein, das durfte nicht sein. Das würde ich nicht zulassen. Aber was tun? Das Einfachste: Erst mal Zeit schinden.

Ich hob den Hörer ab und rief die Wetteransage an, damit man draußen am Tresen sah, dass ich telefonierte. Bis zum Wochenende sollte es weiterhin sonnig und heiß bleiben, wenn auch mit zunehmender Tendenz zu Gewittern. Als der Wetterbericht einmal durch war, legte ich auf, ging hinaus und erklärte dem stumm glotzenden Publikum strahlend, alles sei in bester Ordnung. Ich hätte mit der Polizei vereinbart, dass sie ihre Untersuchungen erst später durchführen würden, damit der Praxisbetrieb nicht zusammenbrach. Wir sollten den Giftschrank nicht berühren, wegen der Fingerabdrücke und so weiter, das wüsste ja jeder. Die Mädels wies ich an, alle Nachmittagstermine abzusagen, und dann würden die Leute von der Kripo kommen, um Spuren zu sichern, falls es welche gab. Zur Sicherheit erzählte ich noch etwas von einer Einbruchsserie, einer Bande ausgebuffter Profis, die von Stadt zu Stadt zogen und mit modernsten Hilfsmitteln geradezu fließbandmäßig Praxen ausplünderten.

Es fehlte nicht viel, und ich hätte selbst an meine Geschichte geglaubt, so überzeugend habe ich sie vorgetragen.

Überhaupt entdecke ich zur Zeit unentwegt neue, bisher unbekannte Qualitäten, nein, sagen wir lieber Eigenschaften an mir.

4

Ich muss um Himmels willen endlich etwas tun! Immer noch sitze ich hier, in diesem schäbigen Sessel, neben meiner Leiche, die Hände auf den Knien, und grüble vor mich hin. Anstatt etwas zu unternehmen, mir etwas einfallen zu lassen! Wie kommt es überhaupt, dass ich sitze? Habe ich nicht eben noch gestanden? Ich muss mich wohl hingesetzt haben, in Gedanken. Als ob das jetzt eine Rolle spielen würde. Aber nun ist Schluss damit! Ich muss aufstehen und etwas unternehmen! Jetzt! Sofort! Irgendwas.

Und siehe da, auf einmal geht es: Ich stemme mich aus dem durchgesessenen, knarzenden Oma-Sessel hoch und ziehe die Vorhänge zu, wie ich es längst hätte tun sollen. Drüben ist es inzwischen dunkel. Entweder man liegt im Bett oder steht im Dunkeln hinter den Gardinen und wartet gespannt, bis die Polizei kommt und diesen merkwürdigen Kerl da gegenüber festnimmt.

Ein Blick auf die Uhr: Kurz vor halb eins. Gegen halb zwölf habe ich diese Wohnung betreten, zusammen mit Katharina, das weiß ich noch. Was danach geschah, liegt im Nebel. Ein paar Worte, ‘ein Gespräch’ wäre zuviel gesagt, eine kurze, heftige Diskussion, Geschrei, der Filmriss und schließlich dieses ewige, geistesabwesende Getrödel. Ich sehe schon die Schlagzeile in der Zeitung:

Mörder halb verhungert neben seinem Opfer gefunden. Nachdem Nachbarn Frau K. aus H. mehrere Tage nicht zu Gesicht bekommen hatten, alarmierten sie schließlich die Polizei. Als diese die Tür aufbrach, erlebte sie eine höchst ungewöhnliche Überraschung: Der angesehene, inzwischen allerdings völlig heruntergekommene und stark unterernährte Arzt Dr. Q…

Es fehlt nicht viel, und ich müsste wahrhaftig lachen bei der Vorstellung. Aber es ist nur ein kurzer Impuls. Für mich wird es lange nichts mehr zu lachen geben, wenn es mir jetzt nicht endlich gelingt, bei der Sache zu bleiben. Ich muss mich konzentrieren, das kann doch nicht so schwer sein.

Endlich habe ich eine Idee: Ich werde einen Einbruch vortäuschen. Natürlich, ich werde die Wohnung ein wenig verwüsten, ein paar Dinge mitnehmen, die ich später verschwinden lasse, und schließlich die Wohnungstür hinter mir zuziehen und eintreten. Dann werde ich blitzschnell verschwinden, noch bevor die ersten aufgestörten Hausbewohner im Treppenhaus erscheinen. Ja, so werde ich es machen, das ist gut. Oder wenigstens das Beste, was mir heute Nacht einfallen wird.

Aber eines nach dem anderen: Zunächst muss ich überlegen, was ich angefasst habe, wegen der Fingerabdrücke. Es ist nicht viel, und ich gebe mir Mühe mit dem Abwischen. Zeit spielt jetzt keine Rolle mehr. Vermutlich ist es sogar günstig, wenn ich erst später die Tür eintrete, dann, wenn wirklich alle im Haus tief schlafen. So wird mir mehr Zeit zum Weglaufen bleiben. Plötzlich bin ich ganz ruhig, fast könnte man sagen: beunruhigend ruhig, wenn das nicht idiotisch wäre. Halt! Ich fange schon wieder an, Unsinn zu denken. Ich muss mich konzentrieren. Ich muss mich konzentrieren.

Ich werde es schaffen, ich muss es einfach schaffen. Etwas wirklich zu müssen, ist für mich normalerweise eine gute Basis für einen Erfolg.

*

Gestern Morgen sah meine Situation zwar übel, aber doch noch nicht so hoffnungslos finster aus. Man beruhigte sich nach meiner Erklärung rasch, und der Praxisbetrieb begann seinen Gang zu gehen. Die Mädchen sagten die Nachmittagstermine ab, und ich hörte mir Klagen über Herzklopfen, Durchfall und andere Schicksalsschläge an und schrieb Rezepte wie ein Automat (sic!). Irgendwann war endlich Mittag, und ich war allein. Den Mädels hatte ich eingeschärft, dass sie nichts herumerzählen sollten, man könne ja nicht wissen, ob man damit nicht der Polizei ins Handwerk pfuschte, und es ginge ja immerhin um organisierte Kriminalität. Und außerdem, der Vertrauensverlust für die Praxis, das Gerede, nicht wahr. Ich machte ein wichtiges Gesicht, sie taten ernst und verständnisvoll und konnten nur mühsam ihre Freude über den unverhofften freien Nachmittag verbergen.

Und dann war endlich, endlich Ruhe. Ich saß in meiner stillen, chromblitzenden, buchefurnierten Luxuspraxis an meinem riesigen Designerschreibtisch auf dem Büffelleder-Chefsessel und hatte nicht den Schimmer einer Ahnung, was ich nun anfangen sollte. Im Grunde blieb mir nur eine Möglichkeit, so weit war ich schon im Laufe des Vormittags gekommen: Ich musste mit der Griechin sprechen. Sie musste mir eine Verbindung zu ihren Komplizen verschaffen, und ich würde ihnen ihre Beute abkaufen, gleichgültig, was sie dafür verlangten. Ich musste sie suchen und finden. Und zwar heute noch.

Aber wie macht man so etwas? Das Haus. Meine einzige Spur zu ihr war dieses Haus in Handschuhsheim.

Sicherheitshalber rief ich Anja an und erzählte ihr etwas von einem Termin mit dem Chefarzt der Chirurgischen Klinik. Kooperationsgespräche, schon ewig geplant, höchst interessante Perspektiven, und es könne wieder einmal spät werden. Erstaunlich, was man so zusammenlügen kann, ohne im Erdboden zu versinken oder wenigstens ins Stottern zu geraten. Vielleicht hätte ich in die Politik gehen oder Werbetexter werden sollen.

Ich verschloss die Praxistür sorgfältig, verstaute die Schlüssel mit Umsicht und fuhr nach Handschuhsheim hinaus. Dieses Mal stellte ich den Jaguar zweihundert Meter vor meinem Ziel auf einem Lidl-Parkplatz ab, setzte meine alte Sonnenbrille aus dem Handschuhfach auf, versuchte ganz unauffällig auszusehen und bildete mir ein, alle Welt würde hinter mir herstarren. Inzwischen war es halb zwei, die Sonne brannte auf den weichen Asphalt. Das Viertel lag im Mittagsschlaf, kaum ein Mensch zu sehen.

Ein behäbiger Mann mit beeindruckender Glatze, dem der Oberstudienrat ins Gesicht geschrieben stand, strich mit großer Konzentration die Innenwände seiner Garage. Als ich vorbeiging, ließ er die Farbrolle sinken und sah mir nach. Ein schläfriger Eisverkäufer in einem bunt bemalten VW-Bus hatte trotz der Hitze nichts zu tun, als jeden meiner Schritte sorgfältig zu beobachten. Zwei alte Frauen im Schatten eines mächtigen Kastanienbaums unterbrachen ihr Gespräch wegen dieses sensationellen Fremden, der hier nichts zu suchen hatte. Zwei Teenager sammelten mit feierlicher Miene Papierschnipsel und Zigarettenkippen in eine pissgelbe Mülltüte. Es roch nach Pferdestall.

Im hellen Tageslicht wirkte das Haus noch bescheidener als am Abend zuvor. Ein schmaler Streifen einer Reihenhauszeile, Baureihe *Das preiswerte Familienheim*, weiß gestrichen, viel dunkles Holz, Gesamtwohnfläche ungefähr so groß wie unser Wohnzimmer. Davor ein beinahe zu Tode gepflegtes Vorgärtchen von der Größe eines Saunatuchs, in dem vermutlich jeden zweiten Tag alle Blätter gebürstet und feucht abgewischt werden. Immerhin keine Gartenzwerge. Dafür aber an der Haustür einer dieser albernen Strohkränze mit getrockneten Blümchen und buntem Band. Darunter ein dunkelblaues ovales Keramikschild, selbstverständlich handgetöpfert:

Hier hausen die Krögers nebst ihrem Hund Herakles.

Nein, Kröger hatte die Frau nicht geheißen. Aber es war das richtige Haus, kein Zweifel. Ich drückte den Klingelknopf.

Nicht einmal Herakles rührte sich. Entweder war er schwerhörig oder eine leere Drohung zur Abschreckung leichtgläubiger Einbrecher. Ich schwitzte vor Aufregung und natürlich auch, weil ich zur Vervollständigung der Tarnung meinen Trenchcoat übergezogen hatte. In der Nachbarschaft krakeelten Kinder, ein Rasenmäher brummte, irgendwo quäkte Country-Musik aus einem Radio. Johnny Cash vielleicht. Zu meinen

Füßen lagen zwei Paar schmutzverkrustete Inlineskates. Und zu allem schien die Sonne, als sei alles in bester Ordnung.

Ich klingelte noch einmal, schließlich ein drittes Mal. Als ich schon kurz vor dem Aufgeben stand, hörte ich innen Schritte, die Tür öffnete sich und eine mittelgroße, nicht unhübsche, aber um die Hüften etwas ausgeuferte Blonde sah mich fragend an. Sie hatte schmutzige Hände, trug ein geblümtes Kopftuch und war vom Typ 'gute Mutter'. Eine von der Sorte, die, wenn es um ihre Kinder geht, mit einem Stein in der Hand eine Panzerarmee angreifen, empörte Briefe vom Format mittlerer Dissertationen an den Kultusminister schreiben, sich für jeden und gegen alles engagieren, und, wenn gerade sonst nichts anliegt, in ihrem Garten buddeln, in dem natürlich lauter bedrohte Arten ihren Überlebensraum finden.

Mich schien sie nach kurzer Taxierung nicht zu ihren engeren Feinden zu zählen. Nachdem sie zudem erkannt hatte, dass ich nichts zu verkaufen in den Händen hielt, lächelte sie vorsichtig, hielt dabei aber die Tür in einer Weise fest, die klarstellte, dass diese nur über ihre Leiche weiter zu öffnen wäre.

„Frau Kröger?"

Sie nickte verhalten, mehr mit den Augen als mit dem Kopf.

„Entschuldigen Sie bitte die Störung zu so unpassender Zeit. Aber ich muss dringend Frau Karathanos sprechen."

Sie gab sich wirklich Mühe, sich nichts anmerken zu lassen. Aber es war mir nicht entgangen, wie sie zusammenzuckte. Ihr Gesichtsausdruck wurde unsicher, dann schon ablehnend. Sie zögerte viel zu lange, als dass ihre Antwort noch hätte glaubhaft sein können.

„Tut mir Leid. Der Name sagt mir gar nichts. Sie müssen sich wohl im Haus irren."

Da stand ich nun und sah vermutlich aus wie der Trottel, der ich war. Ich stotterte irgendwas wie: „Dann entschuldigen Sie bitte nochmals die unverzeihliche Störung in der Mittagszeit …" und stakste davon mit der Eleganz eines verknallten Primaners, der den ersten Korb seines Lebens bekommen hat.

Die Frau sagt, sie kennt diese Griechin nicht, und ich nicke brav und trolle mich. Obwohl ich doch wusste, dass sie gestern hier war, denn natürlich hatte ich durch den Türspalt den Teppich und auch das Schuhschränkchen wiedererkannt. Und natürlich hatte ich auch bemerkt, wie diese Übermutter beim Namen Karathanos zusammenzuckte. Detektiv war offenbar kein Beruf für mich.

Der Eisverkäufer hatte inzwischen Kundschaft. Die zwei Mädchen mit der Mülltüte, die hier offenbar im Dienste der Allgemeinheit tätig waren, gönnten sich eine Stärkung. Die beiden Damen unter der Kastanie beachteten mich nicht mehr. Jemand, der geht, ist natürlich nicht annähernd so interessant wie einer, der kommt. Der Oberstudienrat war in seinen Farbeimer getreten und hüpfte lautlos fluchend auf einem Bein im Kreis. Lautes Fluchen stand in diesem Viertel vermutlich unter Strafe.

Ich überquerte die Straße. Auf dem Hof einer Spedition brummte ein einsamer Gabelstapler mit einer Palette voller blauer Plastikfässer herum. Es roch immer noch nach Pferdestall.

Mit einem Mal wurde mir klar, dass ich hier früher schon gewesen war. Natürlich musste Anja unter vielem anderem auch ein Pferd haben, nachdem wir so unverhofft zu Reichtum gekommen waren. Etwa ein Jahr lang hatte sie es hier im Reitstall am Ende dieser Straße stehen, und natürlich gab es dort regelmäßig Feste zu feiern, zu denen ich meistens mit musste. Es war also keineswegs mein Instinkt, der mich in der vergangenen Nacht hier her geleitet hatte, es war mein Unterbewusstsein.

Anja hat ja kaum einen Sport ausgelassen. Als ich sie kennen lernte, spielte sie Tennis, und zwar gar nicht schlecht, außerdem Volleyball. Später begann sie mit Begeisterung zu segeln, angestiftet von Onkel Gregor, dann war es das Windsurfen, dafür verschwanden die Tennisschläger vorübergehend im Keller. Nachdem Onkel Gregor tot war, kam das Reiten dran, aber diese Phase dauerte zum Glück nicht lange. Nachdem sie zweimal nach bösen Stürzen für mehrere Wochen das Bett hüten musste, fiel das Pferd in Ungnade und wurde verkauft. Ich kann mich nicht einmal mehr daran erinnern, wie das Vieh hieß. Ich weiß nur, dass ich es hasste, weil es immer versuchte, mich zu treten, wenn ich mich in seine Nähe wagte.

Inzwischen spielt Anja wieder Tennis, wenn auch nicht mehr mit der früheren Verbissenheit. Immerhin wurde sie letztes Jahr zusammen mit Winni Vize-Vereinsmeister im gemischten Doppel. Zu den Jahresfeiern des TSV Neuenheim muss ich nicht mehr mit, seit ich mich dort einmal vor Langeweile so betrunken habe, dass ich nicht mehr wusste, was ich sagte. Ein paar Menschen grüßen mich seither nicht mehr, und Anja war mir erheblich länger böse als üblich.

Mein Zorn über mein Versagen als Detektiv gab mir wieder Mut. Ich beschloss, diese Frau Kröger vom Wagen aus anzurufen, um sie noch einmal und zwar mit Nachdruck zu befragen. Im Handschuhfach liegt ein Handy. Seit Jahren schon, und noch immer habe ich mich nicht daran gewöhnen können, schrecke jedes Mal zusammen, wenn es loswimmert, und weiß mir kaum zu helfen, wenn ich telefonieren will. Aber mit einiger Mühe kam ich klar, sogar mein Pin-Code fiel mir beim zweiten Versuch wieder ein, es war das Datum unseres Hochzeitstags. Ich ließ mir von der Auskunft die Nummer heraussuchen und rief Frau Kröger an. Ich räusperte mich umständlich und setzte mich bequem hin. Diesmal war ich besser vorbereitet und würde mich nicht so leicht aus der Spur werfen lassen.

„Frau Kröger, ich bin's wieder. Entschuldigen Sie, dass ich sie noch einmal belästige, aber ich muss Frau Karathanos wirklich dringend sprechen. Ich weiß, dass sie in Ihrem Haus verkehrt, also erzählen Sie mir bitte nichts!"

„Na, hören Sie mal! Wenn ich Ihnen doch sage … Wollen Sie denn … Glauben Sie mir etwa nicht?"

Sie log unglaublich schlecht. Nein, sie log überhaupt nicht, weil sie es so offensichtlich tat, dass nicht einmal ein Kind ihr geglaubt hätte. Ich hingegen war ja inzwischen ein wahrer Profi:

„Frau Kröger, bitte. Ich weiß doch, dass Sie sie kennen. Ich weiß doch, dass sie bei Ihnen ein- und ausgeht. Und es ist mir ja auch völlig egal, wie Sie zu dieser Frau stehen, was Sie da für Geheimnisse haben. Aber ich *muss* sie sprechen. Ich *muss*, verstehen Sie? Es ist eine rein private Angelegenheit, nur zwischen Frau Karathanos und mir, aber es ist wirklich sehr, sehr wichtig für mich. Bitte!"

„Also ... Ich ... Wie ist denn eigentlich Ihr Name?"

„Müller, Anton Müller"

Ja, so lügt der Könner. Ohne Zögern, ohne das leiseste Schwanken in der Stimme. Ich hätte nicht einmal sagen können, woher ich den Namen hatte.

„Herr Müller, Sie könnten mir nicht ein bisschen genauer sagen, worum es geht?"

Damit hatte sie immerhin offiziell zugegeben, dass sie die Griechin kannte. Wir kamen voran. Vielleicht wusste oder ahnte sie ja auch, auf welche Weise diese saubere Frau Karathanos ihr Geld verdiente und wollte nicht in deren Geschichten hineingezogen werden.

„Leider nein, Frau Kröger. Aber Sie haben wirklich nichts zu befürchten. Es ist rein persönlich, glauben Sie mir bitte. Ich will auch gar nicht wissen, woher Sie sie kennen und wie sie zu ihr stehen. Ich muss sie nur kurz sprechen. Bitte vertrauen Sie mir."

Menschen dazu zu bewegen, Vertrauen zu mir zu haben, ist mein Beruf. Oft genug ist das schon die halbe Behandlung. Wenn dazu noch die Sprechstundenhilfen hübsch und ein wenig hochnäsig sind, das Medikament einen schönen Namen hat und ordentlich teuer ist, dann sind die meisten fast schon wieder gesund. Die Pharmakonzerne sollten gezwungen werden, ein paar besonders hübsche Zuckerpillen in ausgesucht großen, höchst dekorativen Packungen und mit besonders wohlklingenden Namen herzustellen, die dann zu atemberaubenden Preisen in den Apotheken abgegeben würden. Hintenherum müsste dieses Geld nach Abzug einer angemessenen Unkostenpauschale für alle Beteiligten an die Kassen zurückfließen, und allen wäre geholfen. Die Patienten wären gesünder, unser Gesundheitssystem nicht mehr notorisch unterfinanziert, man hätte keine Probleme mit Nebenwirkungen, die ihrerseits wieder neue Behandlungen notwendig machen, keine Umstände mit Tierversuchen, Genehmigungen, Entsorgung, Spätfolgen. Den Wenigen, die wirklich krank sind, könnte man immer noch etwas Richtiges verschreiben. Auch einer meiner Verbesserungsvorschläge, die ich nie jemandem erzählen werde.

Im Erwecken von Vertrauen bin ich also schon aus beruflichen Gründen noch besser als im Lügen. Ich erschauerte selbst beim sonoren Klang meiner Stimme.

Die Frau wurde immer unsicherer, druckste herum und kam dann endlich mit der dämlichsten Ausrede aller dämlichen Weiber dieser Erde: „Ich möchte das erst mit meinem Mann besprechen. Rufen Sie doch bitte heute Abend wieder an. Gegen sieben vielleicht."

Und schon hatte sie aufgelegt. Ich versuchte es noch ein paar Mal mit Wahlwiederholung, aber sie nahm nicht mehr ab. Was sollte ich nun tun? Ich konnte ja schlecht vor dem Haus aufmarschieren und Krach schlagen. Aufsehen war das Letzte, was ich jetzt brauchen konnte. Mehr als fünf Stunden zu warten, war ebenso undenkbar, das würde ich nicht aushalten. Die Zeit lief mir davon. Vielleicht würde es mir gelingen, diesen Herrn Kröger aufzutreiben, jetzt sofort? Dazu müsste ich allerdings herausfinden, was und vor allem wo er arbeitete. Aber wie um alles in der Welt stellt man so etwas an? Nach ein paar erfolglos vergrübelten Minuten beschloss ich, in die Praxis zurückzufahren und von dort das Einwohnermeldeamt anzurufen. Ich glaubte mich zu erinnern, dass die auch Normalbürgern solche allgemeinen Auskünfte erteilen.

Dieser Entschluss gab mir plötzlich wieder Hoffnung. Vielleicht würde Anja sich ja doch nicht scheiden lassen. Vielleicht würde sie nur ein wenig herumzetern, nur einen Teil des Geschirrs zerdeppern, von der billigeren Sorte, zwei, drei Wochen schmollen, und sich dann wieder mit mir vertragen. Vielleicht hatte ich alles übertrieben pessimistisch gesehen in all der Aufregung und mit meinem verhagelten Gewissen.

Ich ließ den Motor an. Unterwegs wollte ich alles noch einmal überdenken und dann entscheiden, wie es weitergehen sollte.

Als ich das Ärztehaus betrat, war ich zu neunundneunzig Prozent entschlossen, Anja die Wahrheit zu sagen, den Einbruch der Polizei zu melden, mir eine halbwegs glaubwürdige Ausrede wegen der verspäteten Anzeige auszudenken, und dann den Dingen ihren Lauf zu lassen. Ich war einfach übermüdet gewesen, unzurechnungsfähig infolge meiner Gewissensbisse. So schlimm konnte das alles nicht sein. Tausende, Millionen von Ehemännern haben ihre Frau betrogen, ohne deshalb gleich als Grillgut in der Hölle zu landen.

Aus dem Briefkasten hing allerlei Post. Ich nahm sie heraus, damit nichts wegkam, manche Dinge unterliegen ja der Schweigepflicht und sollen nicht in fremde Hände geraten. Auf dem Weg nach oben schalt ich mich kopfschüttelnd einen feigen Idioten und blätterte mechanisch die Post durch. Ein dünner DIN-A5-Umschlag fiel mir auf, hellblau, billig. An Herrn Dr. Quentin persönlich, kein Absender. Mit einem unguten Gefühl im Bauch riss ich oben angekommen den Brief noch im Stehen auf. Ein einziger Zettel lag drin, offensichtlich aus einem Notizbuch gerissen.

Nun sind Sie erledigt! Von heute
an werden Sie keine ruhige
Minute mehr haben!
Sie sind am Ende!

Was sollte das nun wieder? Eine Erpressung? Wollte man mich weich kochen, um den Preis hochzutreiben? Eine krakelige Handschrift, die mir bekannt vorkam. Von der Griechin vermutlich. Woher sonst. Dies war wieder einer jener

Punkte meiner privaten Achterbahn, an denen es unerwartet steil abwärts ging, nachdem wir uns einige Zeit in trügerischer Ruhe und ohne allzu harte Kurven bewegt hatten. Hatte ich mir nicht eben noch eingebildet, es ginge aufwärts, die Fahrt sei bald zu Ende?

Auf einmal war mir sehr flau im Magen. Ich musste mich setzen. Kein Wunder, es war halb drei durch, und ich hatte seit dem praktisch ausgefallenen Frühstück nichts gegessen.

Es fehlte nicht viel, und ich hätte angefangen zu beten. Zwar tat ich es dann doch nicht, aber ich beneidete auf einmal aus tiefstem Herzen alle Menschen, die einen Gott zum Anbeten haben. Oder wenigstens den Glauben an eine Kraft, die auf unserer Seite ist, das Vertrauen in eine gute Macht, die bedingungslos zu uns hält.

Erst nach Minuten löste sich meine Erstarrung. Immer noch halb taub vor Schreck kramte ich aus dem Schreibtisch einen Rest angegrauter Schokolade, begann sie hinunterzuwürgen, um meinen Zuckerhaushalt aufzupäppeln, während ich, um überhaupt etwas zu tun, das Einwohnermeldeamt anrief. Es war nur ein halber Erfolg: Das würde schon gehen, ich sei richtig informiert, aber ich müsse persönlich erscheinen, einen Personalausweis und außerdem sieben Euro mitbringen. Das wollte ich mir erst noch mal überlegen.

Viel später erst wurde mir klar, dass dieser alberne 'Erpresserbrief' meine Situation in keiner Weise verändert hatte. Es war ja nicht einmal ein richtiger Erpresserbrief, sondern nichts als eine leere Drohung. Wirkliche Verbrecher, Leute, die es ernst meinten, würden so etwas ganz anders aufziehen, einem nicht mit einer solchen Kinderei kommen. Meine ganze Aufregung war so sinnlos, aber ich war einfach nicht mehr zurechnungsfähig, sah mich schon wieder von aller Welt verlassen und aus jeder Ecke durch finstere Mächte bedroht. Lange kaute ich auf meiner Schokolade herum, trank Leitungswasser dazu, und plötzlich hatte ich eine neue Idee. Eine regelrechte Erleuchtung, die mich überfiel wie ein freudiger Schock.

Was tut ein Mensch, der im Gegensatz zu mir im Vollbesitz seiner geistigen Kräfte ist, wenn er jemanden sucht, von dem er nur den Namen kennt? Er nimmt ein Telefonbuch zur Hand. Nur Fachärzte für innere Krankheiten, die weit jenseits der Grenze zur geistigen Umnachtung sind, brauchen Stunden, um auf einen derart naheliegenden Gedanken zu kommen.

Ich hastete in den Empfangsraum, fand rasch, was ich suchte, blätterte mit fliegenden Fingern, und sie stand tatsächlich drin. Es war nicht zu fassen. Karathanos, Kristian und Penelope. Ein Mann? Nun gut, warum nicht auch noch das.

Vielleicht wohnte sie ja auch mit einem Bruder zusammen, oder einem Cousin, und nicht mit einem heißblütigen Kerl, der mir demnächst mit dem Messer in der Hand nachstellen würde.

Ich wählte, was blieb mir übrig.

Es wurde sofort abgenommen.

„Bitte?"

Eine sachliche, disziplinierte Stimme. Die Stimme eines Mannes, der bei einer wichtigen Arbeit gestört wurde und darüber nicht erfreut ist.

„Herr Karathanos?"

„Am Apparat. Wer spricht dort?"

„Ich würde gerne Frau Penelope Karathanos sprechen."

„Und Sie hätten nicht die Güte, mir zuvor ihren werten Namen zu nennen?"

Der Mann sprach auffallend gut Deutsch, nur ein minimaler Akzent verriet den Ausländer. Und er war hörbar schlechter Laune.

„Müller ist mein Name, Anton Müller."

„Und in welcher Angelegenheit wünschen Sie bitte meine Frau zu sprechen, Herr Müller?"

Also doch! Seine Frau! Schon sah ich mich als Opfer eines mediterranen Eifersuchtsdramas mit einem Stilett im Rücken an einem staubigen Straßenrand liegen.

„Hallo? Sind Sie noch da?"

„Ja. Das … kann ich Ihnen leider nicht sagen."

„Tja, dann.“

Knack. Aus die Maus. So ging das nicht. Ich wählte erneut. Wieder war er sofort dran.

„Sie geben sich nicht so leicht geschlagen, wie?“, fragte er nicht mehr ganz so unfreundlich wie zuvor.

Ich hatte eine zweite Chance, aber keine Wahl. Jetzt half nur noch der Frontalangriff, auch auf die Gefahr hin, mir dabei ein paar Beulen zu holen: „Ich bin Arzt. Und Ihre Frau war gestern Nachmittag bei mir in Behandlung, wegen einer Bronchitis. Und ich müsste sie noch einmal kurz sprechen. Es gibt da eine Unklarheit wegen ihrer Krankenversicherung.“

Aus unbekanntem Grund waren meine letzten Worte ein Volltreffer gewesen. Jetzt war er es, der Funkstille hatte. Ich konnte die Zahnrädchen in seinem Kopf leise sirren hören.

Nach einer Pause von mindestens fünf Sekunden räusperte er sich und sagte mit belegter Stimme: „Das ist dann natürlich etwas anderes. Meine Frau erreichen Sie um diese Zeit in der Universität. Sie studiert dort Germanistik.“

Natürlich hätte ich mich schon zu diesem Zeitpunkt wundern können, wie eine Frau, die offensichtlich keine zwanzig Worte Deutsch spricht, Germanistik studieren kann. Aber mir fiel nichts auf. Jemand, der um seine Existenz kämpft, mag über übermenschliche Kräfte verfügen. Besonders intelligent ist er nicht. Ich bedankte mich artig und suchte die Nummer der Uni aus dem aufgeschlagen vor mir liegenden Telefonbuch.

„Ein Institut für Germanistik gibt’s bei uns aber nicht. Vielleicht meinen Sie das Germanistische Seminar?“

„Wenn Sie nichts Besseres haben.“

Augenblicke später schon: „Germanistisches Seminar, Sekretariat Professor Schirmer. Sie sprechen mit Siglinde Hemmerle. Was darf ich für Sie tun?“ Frau Hemmerles Kursus in kundenfreundlicher Gesprächsführung am Telefon konnte noch nicht lange her sein.

Ich bemühte mich, meine Stimme mindestens ebenso wohlgelaunt klingen zu lassen. „Mein Name ist Müller. Ich suche eine Frau Penelope Karatha …“

Weiter kam ich nicht.

„Die hockt drüben in der Bibliothek. Soll ich sie an den Apparat holen?“

„Oh. Doch. Ich bitte darum“, krächzte ich.

Rascheln, Schritte, Türenklappen, entfernte Schritte, dann alles rückwärts …

„Karathanos hier, wer spricht bitte?“

Noch fiel mir nichts auf.

„Mein Name ist Quentin. Doktor Quentin. Sie waren gestern Nachmittag in meiner Praxis und … na ja, Sie wissen schon. Ich muss Sie dringend sprechen.“

Sie schwieg.

„Bitte, es ist wirklich äußerst wichtig für mich. Sie werden sich denken können, worum es geht.“

„Nein.“

„Sie waren aber doch gestern Nachmittag bei mir, um sich ein Medikament verschreiben zu lassen?“

„Nicht, dass ich wüsste.“

„Aber Ihr Name ist Penelope Karathanos?“

„Ja. Das schon.“

„Und sind Griechin?“

„Natürlich.“

Ich versuchte zu überlegen. Es gelang mir nicht. Ich schwieg.

Schließlich ergriff sie das Wort. „Hier muss es sich wohl um eine Verwechslung handeln. Möglicherweise jemand mit ähnlich klingendem Namen?“

Das war sie nicht! Es war nicht dieselbe Stimme und sie sprach viel zu gut Deutsch! Mit einem riesigen Kloß im Hals würgte ich, plötzlich wieder sterbensmüde, heraus: „Dann entschuldigen Sie die Störung. Entschuldigen Sie bitte, ich … ich wollte nur …“

Langsam ließ ich den Hörer sinken, legte ihn erst neben das Telefon, hob ihn nochmals an, um dieses Mal besser zu zielen. Da hörte ich die Stimme der Frau wieder: „Hallo?“

Ich nahm den Hörer wieder ans Ohr.

„Sind Sie noch da?“

„Hm.“

„Sie … wären nicht willens, mir etwas präziser zu beschreiben, worum es sich handelt?“

Was sollte nun diese Frage? Da stimmte doch etwas nicht! Warum interessierte sie sich auf einmal so für eine Angelegenheit, mit der sie angeblich nichts zu tun hatte?

„Es ist eine … nun ja … ziemlich private Sache, verstehen Sie. Und ich möchte das jetzt nicht so am Telefon …“

Lange Pause. Wir hörten uns gegenseitig beim Atmen zu.

Und dann die Keule: „Sind Sie etwa der Doktor, der ihr gestern Abend beiwohnte?“

Sie sagte wirklich „beiwohnte“. Penelope Karathanos schien bevorzugt die ältere deutsche Literatur zu studieren. Ich schwieg einfach weiter. Nicht einmal ein Krächzen hätte ich mehr herausgebracht.

Nach einer Weile fuhr sie leise fort:

„Es wäre dann vielleicht von Vorteil, wenn wir uns träfen. Ich möchte diese Sache nun auch nicht so gerne am Telefon besprechen. Es gibt ein Lokal, gleich hier an der Ecke. Wir könnten auf der Terrasse einen Kaffee trinken zusammen?“

Plötzlich fühlte ich mich wieder wie der verliebte Primaner, der auf einmal doch wieder Hoffnung hat, das Rendezvous mit seiner Angebeteten zu ergattern.

„Okay.“

„In einer halben Stunde?“, hörte ich sie fragen.

Ich war begeistert und hatte Herzklopfen. „Wie werde ich Sie erkennen?“

„Ich bin gekleidet in ein hellgrünes Kleid. Sie brauchen sich jedoch keine Mühe zu machen. *Ich* werde *Sie* erkennen. Sie hat Sie mir ja besonders ausführlich und … auch liebevoll beschrieben.“

5

Wie es sich für einen verliebten Primaner gehört, war ich viel zu früh an der verabredeten Ecke. Ich konnte es kaum erwarten, endlich die Wahrheit über diese geheimnisvolle Frau zu erfahren, von der ich nach wie vor nichts wusste – außer, dass sie wenig sprach, verteufelt gut aussah und im Bett alle mir bis dahin bekannten Maßstäbe sprengte. Mit einem Mal war die Frau selbst mir fast wichtiger als der Grund, warum ich sie unbedingt finden musste.

Das Lokal hieß *Gasthaus zum Eisernen Kreuz*. Ich setzte mich auf der Terrasse unter einen weißen Sonnenschirm und nutzte die Zeit, um endlich etwas Richtiges zu essen. Das war nicht einfach. Das *Eiserne Kreuz* entpuppte sich als Café, dessen Speisekarte mehr auf ältere Damen mit Figurproblemen ausgerichtet war als auf ausgehungerte Ehebrecher. Schließlich entschied ich mich für zweimal Toast Hawaii, dazu ein großes Mineralwasser, und überlegte missmutig, dass dies eigentlich ein Tag für angenehmere Tätigkeiten als das Vertuschen von Ehe- und Einbrüchen war. Die Sonne schien, der Himmel war blau wie sonst nur im Herbst, von oben herab musterte mich mit tausend Augen freundlich dieses fette, rote Bilderbuch-Schloss. Scharen mehr oder weniger leicht bekleideter Frauen schlurften und stöckelten über den Karlsplatz. Heidelberg ist ja voller Studentinnen.

Die Toasts kamen. Schon die ersten Bissen hoben spürbar meine Laune. Das Beobachten der Passanten und mehr noch der Passantinnen begann mir Spaß zu machen. Da gab es den Typ „Öko“. Das waren die zu warm angezogenen Schlurfer auf flachen Sandalen, wegen der Hitze heute immerhin ohne Wollsocken, am Leib naturgefärbte Stoffe und keine Schminke im Gesicht, denn eine gewisse ungesunde Blässe gehört bei denen zum Look. Außerdem schleppten sie alle Jute-Taschen mit sich herum, in denen sich vermutlich neben dicken Büchern über schwerwiegende Probleme hauptsächlich Mohrrüben und Kressesamen befanden.

Eine schwarzgelockte Donna querte erhobenen Hauptes den Platz und erinnerte mich wieder an die Frau, nach der ich so verzweifelt suchte. Diese hier trug jedoch hochhackige Schuhe und das Wissen um ihre Attraktivität blitzte aus ihren Augen. Die Tatsache, dass soeben mindestens zwanzig Männer sie beobachteten und sich vorstellten, wie sie sich wohl nackt anfühlte, wie sie wohl im Bett war, und mit welcher Masche sie dazu zu bewegen sein mochte, es mit ihnen zu teilen, ließ sie unentwegt lächeln. Die hatte es nicht nötig, sich makrobiotisch zu ernähren, damit es ihr gut ging. Der ging es auch so gut.

Es ist ja nicht so, dass Menschen, die viel Rohkost essen und Tee trinken, besonders gesund sind. Im Gegenteil: Gesunde essen, worauf sie Appetit haben, und fänden den Gedanken absurd, es könnte etwas falsch sein daran.

Am Nachbartisch unterhielten sich zwei Paare angeregt auf italienisch und aßen riesige kugelrunde Mohrenköpfe dazu. Eine Horde erschöpfter japanischer Touristen wurde von ihrem Sklaventreiber zum Schloss hinaufgescheucht. Vermutlich mussten sie in vier Stunden auf Neuschwanstein und spätestens morgen Mittag in Wien sein, um ihren Terminplan einzuhalten.

Dennoch beneidete ich sie. Plötzlich beneidete ich sie alle. Touristen und Studenten, jeden Menschen, der keine Praxis mit ausgeräubertem Giftschrank hatte, sich nicht von ausländischen Patientinnen verführen ließ, nicht erpresst wurde, nicht mit einer tobsüchtigen und moralpingeligen Ehefrau gestraft war und nicht an Aids sterben musste.

Das Germanistische Seminar befand sich in einem hübschen blassgelben Palais mit grünen Fensterläden am südlichen Rand des Platzes. Gleich daneben die Akademie der Wissenschaften in einem ehrwürdigen Palast. Hin und wieder öffnete sich die hellbraune Tür des Seminargebäudes, Menschen aller

Hautfarben kamen und gingen. Punkt viertel nach vier trat sie aus der Tür. Ich erkannte sie schon von weitem an ihrem grünen Kleid und winkte ihr zu. Sie sah nicht schlecht aus, ähnlich stolze Bewegungen wie bei der anderen Griechin, kam mit ernstem Gesicht zu mir, setzte sich an den Tisch und sagte artig „Hallo“, ohne mir die Hand zu geben.

Und dann, nachdenklich in mein Gesicht blickend: „Sie sind also ihr Doktor.“

Plötzlich lächelte sie. Sie hatte kaum, nein, eigentlich überhaupt keine Ähnlichkeit mit der zweiten, der geheimnisvollen Penelope. Sie war einen halben Kopf kleiner, kastanienbraunes, volles Haar mit hochgesteckter Sonnenbrille darin umwallte ein rundliches Gesicht, und aus der Nähe sah sie auch nicht ganz so gut aus, wie ihr Anblick aus der Ferne versprochen hatte. Etwas zu üppig, eine unreine Haut mit unschönen Pigmentflecken auf Brust und Armen und ein Busen, dem ein ordentlicher BH gut getan hätte.

Sie bestellte sich einen Cappuccino und fuhr leise fort:

„Selbstredend waren Sie schon richtig bei mir. So häufig wird unser Name nun wohl auch nicht erklingen, hier. Und es ist wahr, mir ist Ihre … die Frau, welcher Sie nachspüren, recht wohl bekannt. Es ist nur eben leider eine durchaus delikate Angelegenheit.“

Ich schwitzte schon wieder und hatte auf einmal das ungemütliche Gefühl, dass ich vor diesem Rendezvous ein sauberes Hemd hätte anziehen sollen.

„Nach Ihrer Reaktion vorhin am Telefon hatte ich das natürlich vermutet.“ Ich nahm einen großen Schluck von meinem Wasser und lehnte mich zurück, um sie nicht mit meinem Geruch zu belästigen. Ich versuchte ein Lächeln. Ich weiß nicht, ob es gelang.

Ihr Blick wich keine Sekunde von meinem Gesicht. Sie hatte eine Art, einen anzusehen, dass man unwillkürlich ein schlechtes Gewissen bekam und zu überlegen begann, womit man sich wieder einmal unbeliebt gemacht hatte. Ihr Cappuccino kam.

„Doch", sagte sie lächelnd. „Stimmt alles. Die grauen Schläfen, die hohe Stirn, die traurigen Augen …"

„Sie hat mich Ihnen beschrieben?"

Sie nickte nur beiläufig, als sei das völlig selbstverständlich, und nippte an ihrem Cappuccino, der offenbar zu heiß war. Sie fuhr fort:

„Das Ganze ist … nun … nicht ganz gemäß dem Gesetz." Sichtlich verlegen senkte sie den Blick. „Und in Wahrheit ist ihr Name natürlich auch nicht Penelope. Ich selbst bin in dieser Sache nicht frei von Schuld und könnte dadurch in ernste Kalamitäten geraten. Aus diesem Grund würde ich nun zunächst gerne erfahren, worum es geht, bevor ich weiterspreche." Sekunden spielte sie an ihrer Tasse herum. „Oder wünschen Sie sie nur wiederzusehen? Ist es dies, weshalb Sie sie suchen?"

Jetzt sah sie mir wieder ins Gesicht. Aber freundlich diesmal, verschwörerisch fast.

„Sie hat Ihnen alles … von uns erzählt?", fragte ich mit belegter Stimme.

Sie lächelte in sich hinein. „Sie war ganz hin und weg! Sie haben einen enormen Eindruck bei ihr hinterlassen!"

Immer noch lächelte sie und sah mir mit ihrem Mitwisser-Blick in die Augen.

*

Wenn ich doch nicht so ein Idiot gewesen wäre. Ich hätte in dieser Sekunde nur zu nicken brauchen. Diese Frau hatte Sinn für Romantik, welche Frau hat keinen Sinn für Romantik, und hätte das getrennte Liebespaar mit Freuden zusammengeführt. Und Katharina würde noch leben. Aber ich war ein Idiot, habe nichts begriffen und den Kopf geschüttelt. Langsam, in Gedanken. Die Frau, die andere, hatte sich in meiner Praxis als Penelope Karathanos ausgewiesen, hieß in Wirklichkeit aber nicht so. Sie hatte mich in ein Haus gelockt, wo man sie am nächsten Tag nicht kennen wollte, und dort mit mir geschlafen, dass die ganze Häuserzeile bebte. Anschließend wurde mein Medizinschrank ausgeräubert und ich erhielt einen Drohbrief. Und nun kommt diese hier, um mir zu erzählen, die Frau, deren Namen ich noch immer nicht wusste, sei von mir beeindruckt, habe sich offenbar in mich verliebt, wenn ich sie richtig verstand.

Ich schüttelte also den Kopf, ohne zu ahnen, dass ich damit ein Todesurteil verhängte.

*

Als ich ihren Gesichtsausdruck bemerkte, war es zu spät. Jetzt war sie eiskalt.

„Was wünschen Sie dann von ihr?"

„Ich … Sehen Sie, es ist so. In meiner Praxis ist letzte Nacht eingebrochen worden. Es wurden einige Dinge gestohlen, und ich habe leider allen Grund zu vermuten, dass Ihre … Bekannte da irgendwie …"

Nein, ich war wirklich nicht bei Trost. Hoch aufgerichtet saß sie auf ihrem Stuhl. Auf ihrem Gesicht erschienen unschöne rote Flecken.

„Das ist ja wohl … Sie sind ja nicht richtig bei Verstand!"

„Was würden Sie denn wohl denken, wenn …"

Sie beugte sich vor und blitzte mich an. „Hören Sie, sie ist eine anständige Frau! Dass sie sich Ihnen hingegeben hat, bedeutet ja doch wohl nicht, dass sie … Also wirklich, ich bin empört! Sie sollten sich sehr, sehr schämen!"

Die Italiener am Nachbartisch verstummten und begannen zuzuhören. Ich verlegte mich aufs Jammern und Betteln. Versuchte sie am Arm zu fassen, was sie nur noch mehr gegen mich aufbrachte.

„Dann erklären Sie es mir doch bitte! Oder geben Sie mir ihre Adresse, damit ich mit ihr sprechen kann. Und dann werden wir sehen, ob sie eine so anständige Frau ist!"

Mit einer knappen Bewegung zog sie die Sonnenbrille über die Augen. Sie war schon im Begriff aufzustehen. „Nichts dieser Art werde ich tun. Ihr Vertrauen auszunutzen, ihre Gutmütigkeit und Leichtgläubigkeit missbrauchen und dann solches von ihr zu denken! Sie sind wirklich ein … Wissen Sie, was ich meine? Ich meine, Sie wollen Ihr schlechtes Gewissen bereinigen, indem Sie sie zum Sündenbock machen. Sie sind verheiratet, nicht wahr?“ Ein Blick auf meine Hände, ein kurzes, überlegenes Lächeln. „Natürlich! Aber damit müssen Sie nun leider alleine fertig werden. Von mir werden Sie nichts weiteres erfahren. Adieu!“

Bevor ich den Mund wieder aufbekam, war sie gegangen.

*

Inzwischen habe ich ein recht hübsches Durcheinander in Katharinas Wohnung angerichtet. Sieht wirklich alles sehr ordentlich nach Einbruch aus. Soweit ich das beurteilen kann, natürlich. Die Stehlampe aus den fünfziger Jahren mit den bunten Tütenschirmen habe ich umgeworfen, nein: umgelegt, denn ich darf ja keinen Lärm machen. Ich habe vorsichtig alle Schubladen aufgezogen und ein wenig durchgewühlt, einige ganz herausgezogen und sachte ausgekippt. Um keine Fingerabdrücke zu hinterlassen, habe ich mir zuvor aus der Küche zwei Kochhandschuhe – oder wie man diese Dinger nennt – geholt und angezogen.

Die Situation würde für Außenstehende sicherlich einiges an Unterhaltungswert bieten. Da liegt eine tote Frau im Raum mit einem schwarzen Kissen auf dem Gesicht und ich, ihr Mörder, schleiche mit riesigen, bunt gehäkelten Topflappen an den Händen herum, tue so, als sei ich ein Einbrecher, und produziere mit großer Umsicht und Sorgfalt, immer wieder zurücktretend und mein Werk überprüfend, ein möglichst großes Chaos.

Ja, hier kann alles so bleiben. Jetzt noch ein bisschen in der Küche und im Schlafzimmer, das wird aber nicht lange dauern. Am Ende noch den Flur. Dort gibt es nur eine einzige Schublade in einem kleinen, hoffnungslos hässlichen Telefontischchen ohne Telefon. Vielleicht vom Vormieter geerbt. In fünf Minuten spätestens bin ich weg. Inzwischen möchte ich nichts dringender, als endlich von hier zu verschwinden.

*

Sogar Penelopes halb ausgetrunkenen Cappuccino musste ich bezahlen. Erst diese Frau Kröger, jetzt diese Studentin. Nein, an diesem Tag hatte ich offenbar kein Glück mit Frauen. Unsinn: Ich hatte noch nie Glück mit Frauen. Es entspricht auch nicht ganz der Wahrheit, dass ich Anja immer treu gewesen bin. Ich hätte schon manchmal gewollt, aber immer hat es mir entweder an Gelegenheit oder im entscheidenden Moment an Mut gefehlt. Mangel an Mut und Angeboten ist aber noch keine Treue. Und bei der ersten wirklichen Gelegenheit habe ich dann so viel Kontrolle und Selbstbeherrschung an den Tag gelegt wie ein brünstiger Hirsch.

Ich sehe nicht besonders gut aus, auch nicht besonders schlecht, daran liegt es nicht. Ich gehe nicht aus mir heraus und lasse andere Menschen ungern an mich heran. Die paar Male in meinem Leben, wo mir eine Frau Blicke zuwarf, oder ich es mir zumindest einbildete, da habe ich weggesehen und mein Onkel-Doktor-Gesicht aufgesetzt. Auch deshalb halten viele mich für stolz, manche wohl auch für eingebildet, alle aber für sehr selbstsicher.

Meine ganzes Selbstbewusstsein besteht jedoch in Wahrheit aus hübsch übermalter Unsicherheit.

Ich brauche einen großen Abstand zu anderen und trage deshalb immer ein kleines, unsichtbares Gefängnis mit mir herum. Nein, auch das stimmt nicht ganz. Ich sperre ja nicht mich ein, ich sperre die anderen aus. Ich bin ein Igel. Das genaue Gegenteil zum Beispiel von Winni, dem Apotheker, der jeder Frau, die ihm über den Weg läuft und nicht gerade zum Zähneklappern aussieht, ein vertrauliches Zwinkern und ein Lächeln schenkt. Und jede Zweite zwinkert und lächelt zurück. Sogar Anja, die sonst der Frau gewordene Anstand ist, tut geschmeichelt und strahlt, wenn er vor ihr Männchen macht.

Wenn Katharina auch nur ein klein wenig gelächelt, wenn sie die leiseste Spur eines Flirtversuchs an den Tag gelegt, nur andeutungsweise mit den Lidern gezuckt hätte, ich hätte sie mit Sicherheit nicht angerührt. Aber sie hat ja keine Miene verzogen.

Sie hat mich nur so ernst und schutzlos angesehen mit ihren großen dunklen Augen.

Seufzend bezahlte ich, inzwischen war es schon kurz vor halb fünf, und schlich zum Wagen zurück. Es war nicht weit, ich stand im Parkhaus am Kornmarkt, gleich um die Ecke. Wieder einmal hatte ich keine Ahnung, wie es weitergehen sollte. Es blieben mir nur noch wenige Stunden, dann musste ich zur Polizei. Ich beschloss mir eine Frist zu setzen: Um sechs würde ich aufgeben. Weiter würde meine Kraft ohnehin nicht mehr reichen. Die zwei Toasts hatten mich nicht merklich gestärkt.

Nach einigem Suchen fand ich den Jaguar und ließ mich seufzend in den Sitz fallen. Etwas Vertrautes. Ein kleiner Raum, wo ich mich auskannte, die Welt durch dickes Blech von mir abgeschirmt. Ich schaltete die Musikanlage ein, startete die CD, die immer drin liegt – Debussy, *Les Trois Sonates* – und schloss die Augen. Endlich ein Moment der Ruhe. Wieder einmal begann der Drang übermächtig zu werden, einfach aufzugeben, Anja anzurufen und die Polizei, und allem Weiteren seinen Lauf zu lassen.

Was konnte ich denn noch tun? Zum Einwohnermeldeamt fahren und versuchen herauszufinden, wo und was dieser Herr Kröger arbeitet? Vermutlich hatten die schon zu oder wussten nichts von einem Herrn Kröger oder würden auf Grund einer brandneuen Vorschrift an Dienstagen Ärzten keine Auskünfte geben dürfen.

Es war eine dieser Ideen aus dem tiefen Unterbewussten. Nein, es war nicht einmal eine Idee, mehr ein spielerischer Versuch. Das Handy war noch an, die Nummer der Uni noch gespeichert. Sekunden später hatte ich das Germanistische Seminar wieder am Ohr und hörte die geschulte Stimme der

Sekretärin ein zweites Mal ihr kundenorientiertes Sprüchlein aufsagen.

„Kröger? Sie meinen Doktor Kröger? Sekunde bitte, ich verbinde.“

Und Augenblicke später:

„Kröger hier?“

Das ging alles so schnell, dass ich zunächst vor Verblüffung nicht antworten konnte. Erst als er ungeduldig: „Hallo? Kröger hier“, sagte, räusperte ich mich. Ich war zu sehr verwirrt und hatte vielleicht auch nicht mehr die Kraft, ihn anzulügen. In dieser Sekunde hatte ich mich entschlossen, die Wahrheit zu sagen. Selbst wenn ich gewollt hätte, es wäre mir keine weitere Lüge mehr eingefallen.

„Mein Name ist Quentin, Doktor Quentin. Ich bin Arzt, aber das tut eigentlich gar nichts zur Sache.“

Tat es wirklich nicht, aber so ein gemeinsamer Titel schafft Vertrauen, und ich bin ja wie gesagt groß im Erwecken von Vertrauen. Von diesem Augenblick an war es ein Gespräch unter Kollegen.

„Ich suche eine bestimmte Frau, in einer privaten Angelegenheit. Leider weiß ich nicht einmal ihren Namen, aber ich habe Grund zu vermuten, dass Sie diese Frau kennen. Zumindest wenn Sie der Herr Kröger sind, den ich meine. Sie wohnen doch in Handschuhsheim draußen?“

Er brummte vorsichtig zustimmend.

„Diese Frau hat sich mir als Penelope Karathanos vorgestellt, aber das ist, wie ich inzwischen herausgefunden habe, nicht ihr wirklicher Name.“

Er schwieg.

„Griechin ist sie, so viel weiß ich immerhin. Können Sie mit diesen Informationen irgendwas anfangen?“

Er schwieg immer noch. Wieder dieses plötzliche Zögern, diese Vorsicht, sobald die Rede auf die Frau kam. Lange, viel zu lange Pause, dann endlich: „Herr …“

„Quentin.“

Er setzte seine Worte ungefähr so, wie man die Füße auf zu dünnes Eis setzt. „Warum interessieren Sie sich denn für sie?"

Einmal mehr erzählte ich mein Märchen, dass irgendwas mit der Versicherung nicht stimmte.

Er schien sich keine Sekunde darüber zu wundern, dass ich mich persönlich um eine solche Lappalie kümmerte. „Nun, Herr … ahm … Quentin … Das ist nun eine … ahm … ziemlich heikle Geschichte. Zunächst einmal, ja, ich kenne sie, okay, aber …"

„Aber was?"

Er überlegte. „Das Beste wäre vielleicht, wenn wir uns mal treffen würden. Es ist wirklich eine, na ja, bisschen kitzlige Angelegenheit. Mehr möchte ich im Moment lieber nicht dazu sagen. Wann und wo wäre es Ihnen möglich?"

„Jederzeit und überall. Wenn es geht, dann bitte sofort. Es ist wirklich sehr, sehr dringend."

„Okay. Das dürfte schon gehen."

Papier raschelte, vermutlich blätterte er in seinem Kalender. „Gleich hab ich noch eine mündliche Prüfung bis … viertel nach fünf … Was halten Sie von halb sechs? Okay? Hier im Institut?"

Doktor Kröger schien ein vernünftiger Kerl zu sein. Der war meine Kragenweite und würde sich nicht so zickig anstellen wie diese Penelope. Und wenn ich endlich Namen und Adresse der Griechin hatte, dann würde alles Weitere leicht sein. Eine Formsache. Ich saß im Jaguar, hörte Debussy, atmete tief durch und hätte schwören können, dass es draußen eben um einiges heller geworden war.

Bald würde ich nun endlich wissen, was es mit dieser geheimnisvollen Frau auf sich hatte, würde zu ihr fahren, mit ihr sprechen, verhandeln, sie natürlich überzeugen. Sie würde mit ihren Komplizen Kontakt aufnehmen, ich würde jeden Preis bezahlen, jeden. Konnte es den Kerlen nicht vollkommen gleichgültig sein, von wem sie ihr Geld bekamen? Ob ihnen irgendwelche bibbernden Junkies den Inhalt meines Giftschranks abkauften oder ich, der rechtmäßige Besitzer selbst? Große Erlöse würden sie auf dem Drogenmarkt ohnehin nicht erzielen mit dem Zeug. Warum sollten sie sich also gegen den Deal sperren?

Und morgen früh würde alles wieder sein wie immer. Den Mädels würde ich irgendeine blütenreiche Geschichte erzählen, dass die Kripo alles wiedergefunden hätte, im Zuge einer Wohnungsdurchsuchung oder einer Razzia zum Beispiel, und sie anschließend zu strengster Verschwiegenheit verpflichten.

Minuten blieb ich im Wagen sitzen und ließ noch einmal alles Revue passieren. Vor ungefähr vierundzwanzig Stunden war sie zur Tür hereingekommen, hatte ihr billiges Blüschen und ihren verfluchten BH ausgezogen, mir ihre Brüste präsentiert und mir in die Augen gesehen. Und, es war nicht zu fassen, meine Hormone begannen schon wieder Karussell zu fahren.

Mit Anja schlafe ich alle zwei, drei Wochen. Früher häufiger, aber in den letzten Jahren, seit die Praxis läuft, sehen wir uns selten und wenn, dann bin ich müde, oder sie ist unpässlich. Ich hoffe immer noch, dass ich irgendwann auch mal wieder früher Schluss machen kann, nicht mehr jeden Tag hundemüde nach Hause torkle, maulfaul eine halbe Flasche Wein in mich hineinstürze, oft schon auf der Couch einnicke, während Anja ihre Krimis guckt, und mich später im Bett auf die Seite drehe und schlafe, noch bevor das Licht aus ist. Allerdings hatte ich bisher nicht den Eindruck, dass sie etwas vermisst. Die Leidenschaft der ersten Jahre ist vorbei. Und vielleicht hat es auch mit ihrer Fehlgeburt zu tun und dem Umstand, dass sie keine Kinder bekommen kann. Ich weiß es nicht, und wir sprechen nicht über solche Dinge. Ich selbst war bisher zufrieden damit, mein sexueller Drang hielt sich immer in vernünftigen Grenzen. Dachte ich zumindest bis gestern.

Und nun, keinen Tag nach diesem Wahnsinns-Beischlaf, nachdem diese Frau mich regelrecht ausgesaugt, nachdem sie mich belogen, betrogen und beklaut hatte, verspürte ich schon wieder Lust, ihre Bluse aufzuknöpfen, ihr den Rock über die straffen Hüften zu streifen, ihre glatte, heiße Haut zu berühren, ihren Geruch einzuatmen, ihre tatendurstige Zunge in meinem Mund zu spüren.

Ich beschloss ein wenig spazieren zu gehen, um auf andere Gedanken zu kommen. Etwas mehr als eine Stunde hatte ich zu vertrödeln. Sechzig Minuten ohne ein Ziel, ohne irgendetwas zu tun, ein lange nicht gekannter Zustand. Mit den Händen in den Taschen machte ich einen Bummel die Hauptstraße hinunter, betrachtete die Andenkenbuden an der Heilig-Geist-Kirche, wo man für Mondpreise original handmade Cuckoo-Clocks und garantiert echte Münchner Oktoberfestkrüge erstehen konnte. Ich studierte die Auslagen von Schaufenstern, die mich nicht im Mindesten interessierten, bestaunte Fassaden und Plätze wie ein Tourist, war froh, kein bekanntes Gesicht zu treffen, und landete schließlich im *Kaufhof.* Dort kam ich auf den Gedanken, mir zur Belohnung etwas Schönes zu kaufen, wenn ich heil aus dieser Zwickmühle herauskommen sollte. Irgendwas nur für mich. In der Abteilung für Unterhaltungselektronik stand mein Entschluss fest: Eine dieser kleinen Stereoanlagen würde es sein. Für mein Arbeitszimmer, damit ich dort ungestört meinen Debussy hören konnte. Ich freute mich darauf. Es war ja so gut wie beschlossen. Nur noch eine Frage von Stunden, bis sich alles klären, bis ich endlich die Wahrheit über diese geheimnisvolle Schöne erfahren und sie wiedersehen würde.

Ewigkeiten war ich in keinem Kaufhaus mehr gewesen. Seit wir Millionäre sind, kaufen wir nur noch in feinen Geschäften ein, und seit die Praxis läuft, sorgt Anja für mich. Sie besorgt mir alles, was ich brauche. Sie kennt meine Größen und was nicht passt, tauscht sie um. Es macht ihr Spaß mich einzukleiden und inzwischen sehe ich längst aus wie ihre persönliche Barbie-Puppe. Alles hat sie ausgesucht: die helle Leinenhose von Armani, das feinkarierte Lagerfeld-Hemd, die Burberrys-Socken, die leichten italienischen Schuhe, das Jackett von weiß der Teufel wem. Das Zeug trägt sich ganz angenehm, ich habe nichts dagegen einzuwenden, aber es liegt mir auch nichts daran. Manchmal, am Wochenende, packe ich meine alten Jeans und eines meiner, wie Anja sagt, Holzfällerhemden aus, und laufe herum wie früher. Dann guckt sie belustigt, lächelt ihr ironisches Lächeln, sagt aber nichts. Manchmal denke ich, sie hält mich für blöde. Und sie hat Recht, ich bin es ja auch.

Pünktlich um halb sechs klopfte ich an die breite, weiß lackierte Tür von Dr. phil. habil. C. Kröger. Ich erwartete eine dieser typischen blassen Mittelbau-Gestalten, wie sie an jeder Uni Deutschlands das Betriebsklima vergiften und Studenten das Leben sauer machen. Einmal mehr sollte ich mich täuschen. Kröger entpuppte sich als athletischer Mann Mitte dreißig mit weißblonder Kurzhaarfrisur, die jedem Fremdenlegionär Ehre gemacht hätte. Die bunt gesprenkelte Intellektuellenbrille wirkte ein wenig albern in seinem kantigen Gesicht, der Händedruck war eisern, sein Aftershave atemberaubend, das breite Grinsen sympathisch.

Er schien kein Mann für Umstände zu sein und kam bereits beim Hinsetzen zur Sache. „Okay. Unsere Katharina suchen Sie also. Platzen Sie sich doch einfach irgendwo hin.“

Er machte eine weitschweifige Bewegung, fiel in seinen Sessel zurück und warf ein Bein über die Armlehne. Seinen pendelnden Fuß bekleidete ein Sportschuh, dem der harte Alltag der Körperertüchtigung nicht unbekannt zu sein schien.

Katharina also. Zum ersten Mal hörte ich ihren Namen. Mit weichen Knien setzte ich mich ihm gegenüber.

Er schaltete sein Grinsen zwei Stufen herunter und sah zum Fenster. „Hab mir in der Zwischenzeit überlegt, ich werd Ihnen sagen, was Sache ist. Obwohl es, wie schon erwähnt, eine … ahm … heiße Kiste ist.“

Doktor Krögers Fach schien eher die zeitgenössische Literatur zu sein.

„Aber Sie kriegen’s am Ende ja doch raus. Und wenn’s nun mal so wichtig ist für Sie.“

Er sah auf den Platz hinaus und redete mit dem Fenster. Ich brauchte nur zuzuhören. Er wollte keine Erklärungen, kein

Schweigegelübde, nichts. Der Mann war mir ungeheuer sympathisch.

„Okay, kurz und knapp: Katharina lebt illegal hier. Und sie ist auch keine Griechin, das ist unter anderem das Problem. Sonst würde sie ja unter EU-Recht fallen, und alles wäre nicht halb so kompliziert. Sie ist mit einer unserer Doktorandinnen verwandt, und die ist nun wirklich Griechin. Katharina, die stammt aus Mazedonien. Das ist da unten ja alles nicht weit auseinander, und da scheinen grenzüberschreitende verwandtschaftliche … ahm … Verwicklungen nichts Ungewöhnliches zu sein. Hat da im Lauf der jüngeren Geschichte ja allerlei Grenzverschiebungen und Krawall gegeben."

Ich nickte ununterbrochen. Wie einer dieser Plastikdackel, die manche Menschen auf der Hutablage ihres Autos spazieren fahren. Ich wusste zwar nicht allzu viel von Grenzverschiebungen und Krawall in der jüngeren Geschichte, weil ich mich für Politik nicht sehr interessiere, aber diese Doktorandin, die kannte ich immerhin.

„Penelope hat also ihre Cousine, nein, die Cousine ihres Mannes ist sie, glaub ich, regelrecht … ahm … eingeschmuggelt. Vor einem halben Jahr etwa. Hat ihr eine kleine Wohnung besorgt und Jobs, Putzen, Haushaltshilfe und so. Und immer dann, wenn es offiziell wird, dann reist sie einfach unter dem Namen Penelope Karathanos. Sie ist ja nicht krankenversichert, zum Beispiel."

Ich kam aus dem Nicken gar nicht mehr heraus. Das war ja alles so idiotisch einfach.

„Und was tut sie in Ihrem Haus, Herr Kröger?"

Er senkte den Blick und betrachtete seinen breiten, braungebrannten Hände. „Tja. Das ist nun der peinliche … ahm … Aspekt für mich an der Geschichte. Sie werden mir doch keine Schwierigkeiten machen?"

„Ich habe nicht das geringste Interesse daran."

Er räusperte sich. „Okay. Wir beschäftigen Sie als Haushaltshilfe, dreimal die Woche einen halben Tag. Meine Frau ist ja berufstätig, Lehrerin. Wir haben auch zwei schulpflichtige Kinder, Jungs, ziemliche Rabauken, und da ist es schon gut, wenn jemand im Haus ist und ein bisschen nach dem Rechten sieht. Okay, ist mir sonnenklar, dass das ziemlich ungesetzlich ist, aber, na ja, Sie wissen vermutlich selbst, was man beim Staat so verdient und … ahm … sie ist ja auch ein armes Mädchen, die Katharina. Hat kaum Kontakte, außer zu ihren Verwandten natürlich."

Immer noch betrachtete er angestrengt seine Finger. Er streckte sie und knickte sie wieder ein. Auf den Handrücken schimmerten weißblonde Härchen. Das Grinsen war inzwischen erloschen. Er machte sich also allen Ernstes ein Gewissen daraus, dass er eine steuerfreie Haushaltshilfe beschäftigte. Wenn der wüsste, was in unseren Kreisen üblich ist. Da werden halbe Villen und ganze Pools schwarz gebaut und bar bezahlt. Ich kenne einen Architekten, der es bis heute schafft, seine Motoryacht als Firmenfahrzeug abzusetzen. Allerdings musste er kürzlich eigens für diesen Zweck eine Filiale in der Normandie gründen. Ich glaube nicht, dass sich das Projekt rechnet, aber er ist einer der vielen, die ihr Geld lieber aus dem Fenster als in den Rachen des Finanzamts werfen.

Kröger fuhr fort: „Ist schon ein eigenartiges Mädchen, unsere Katharina. So still. Sie kann ja auch kaum Deutsch. Ziemlich kontaktscheu, nein, mehr als das. Hat wohl auch kein leichtes Leben gehabt. Manchmal haben wir gedacht, eigentlich gehört das Kind in Therapie. Aber das geht natürlich nicht, aus besagten Gründen. Man kann nicht mit ihr reden. Und nicht nur wegen der Sprache. Sie guckt einen groß an und antwortet nicht. Wir haben es immer wieder versucht, man fühlt sich ja doch irgendwie auch verantwortlich. Aber man kriegt einfach nichts aus ihr heraus. Nichts."

Endlich hörte er auf mit seiner Fingergymnastik. Den schwersten Teil seines Geständnisses hatte er offenbar hinter sich. Er sah mir ins Gesicht.

„Meine Frau kann ein bisschen Griechisch und hat es sogar eigens für diesen Zweck aufpoliert. Hat sich echt bemüht, weil sie ihr auch irgendwie Leid tut. Aber da läuft absolut nichts. Man kommt nicht an sie ran."

Er machte eine lange Pause und kontrollierte akribisch die Ordnung auf seinem Schreibtisch. Dann verschob er den Aktenlocher um fünf Zentimeter nach links und fuhr fort:

„Katharina ist ein Igelchen, hat meine Frau mal gesagt. Und das trifft es ganz gut. Sowie man ihr zu nah kommt, rollt sie sich ein und stellt ihre Stacheln auf. Vielleicht wird's ja mit den Jahren besser. Wenn Sie sich eingewöhnt hat."

Ich weiß nicht, warum er mir das alles erzählte. Vielleicht wollte er den Eindruck erwecken, dass er die Frau aus reiner Menschenliebe für einen Hungerlohn in seinem Haushalt schuften ließ. Wie sehr er sich in seiner feinen Haushaltshilfe täuschte, was ihren Charakter betraf, wollte ich ihm lieber nicht sagen. Der Gedanke schoss mir durch den Kopf, dass er womöglich auch schon mit ihr geschlafen hatte.

„Ich werde mich hüten, Sie in irgendwelche Schwierigkeiten zu bringen, Herr Kröger. Da können Sie ganz beruhigt sein. Ich möchte nur mit ihr sprechen, weiter nichts. Und es ist mir auch schnurzpiepegal, wessen Krankenkasse am Ende meine Rechnung bezahlt."

Er schien mir zu glauben und entspannte sich. Das Grinsen erschien wieder.

„Das Einzige, worum ich Sie noch bitten möchte, ist ihre Adresse."

Er runzelte die Stirn. „Müsste ich meine Frau fragen. Sekündchen bitte."

Schon hielt er den Hörer in der Hand und drückte eine Taste. Für Augenblicke fürchtete ich, dass alles so kurz vor dem Ziel wieder in sich zusammenstürzen könnte, wenn seine Frau herausfinden sollte, wer da ihrem Gatten gegenübersaß. Aber es ging gut. Er schob mir einen Zettel über den Tisch und quetschte meine Hand zum Abschied. Ich bedankte mich überschwänglich und nahm mir vor, nie wieder Schlechtes über Universitätsangestellte zu denken.

In der Tür fiel mir noch etwas ein. „Gestatten Sie mir noch zwei Fragen?“

Sein Grinsen wurde noch breiter.

„Haben Sie einen Hund?“

Lachend modellierte er mit den Händen ein unsichtbares Tier von der Größe eines Zwergkaninchens. „Herakles, ein Pekinese. Ist schon ziemlich alt und stocktaub.“

„Und würden Sie mir verraten, wo Sie gestern Abend waren, Herr Kröger?“

Er war so überrumpelt, dass er ohne jedes Zögern antwortete: „Kleiner Ausflug mit der Familie nach Weingarten. Mit großem Abendessen. Meine Frau hat Geburtstag gehabt. Weshalb fragen Sie?“

Freundlich lächelnd zog ich die Tür hinter mir zu. Es war ja alles so idiotisch einfach.

Erst draußen studierte ich mit angehaltenem Atem den Zettel: Katharina Karathanos, Alte Eppelheimer Straße, irgendeine ziemlich hohe Nummer. Katharina also, dachte ich, Katharina ... Fast zärtlich wiederholte ich ihren Namen, ich Narr. Anscheinend war ich drauf und dran, mich ausgerechnet in die Frau zu verlieben, die mir den Schubs in den Abgrund gegeben hatte, als ich zum ersten Mal in meinem Leben einen zaghaften Blick über die Kante riskierte.

*

Vorhin, als ich so lange im Wagen auf sie wartete, fiel mir plötzlich ein altes Kinderlied ein. Das Einzige, das ich noch kenne, außer *Hänschen klein* und *Alle meine Entchen*:

Wenn sich zwei Igel küssen,
dann müssen, müssen, müssen
sie ganz, ganz fein
behutsam sein ...

6

Natürlich hatte ich keinen Schimmer, wo die Alte Eppelheimer Straße lag. Kröger hätte es vermutlich gewusst, aber ihn zu fragen hatte ich vergessen. Auf meinen Weibchensuchinstinkt wollte ich mich nicht noch einmal verlassen, und einen Stadtplan hatte ich nicht zur Hand. Also blieb mir nur die Möglichkeit, einen zu kaufen. Kein Problem eigentlich, aber all das braucht so entsetzlich viel Zeit.

Wer weiß, wenn ich gleich hingefahren wäre, dann hätte ich sie vielleicht noch angetroffen, ich weiß es nicht, aber es könnte doch sein, und alles wäre anders gekommen, und ich wäre jetzt kein Mörder, der verzweifelt versucht so zu tun, als sei er in Wirklichkeit ein Einbrecher.

Warum konnte Katharina nicht in einer Straße leben, die ich kenne? Warum habe ich diesen Doktor Kröger nicht einfach gefragt?

Auch mit der Küche bin ich nun fertig. Katharina hat wirklich nicht viele Habseligkeiten besessen, die man durcheinander bringen kann. Ihre Komplizen scheinen sie nicht verwöhnt zu haben beim Aufteilen der Beute. Hoffentlich glaubt überhaupt irgendjemand, dass hier ein Einbrecher war, in dieser armseligen Sperrmüllbude. Aber es hilft ja nichts, ich muss es zu Ende bringen.

Das Schlafzimmer habe ich vorhin schon erledigt. Dabei ist mir auch klar geworden, warum sie mich in das Haus dieser Krögers und nicht in ihre Wohnung gelockt hat: In dieser Ansammlung von Trödel kann man beim besten Willen keine Liebesabenteuer veranstalten. Dies alles hier strahlt so viel prickelnde Erotik aus wie ein Laden für Second-Hand-Möbel aus der DDR. Die regelmäßig gemusterten, über die Jahrzehnte dunkel gewordenen Tapeten, dazwischen helle Flecken, wo früher einmal Bilder hingen. Die Zimmerdecken an manchen Stellen eher schwarz als grau, ein Minimum an wackeligen Möbeln, und alles zusammen reif für die Entsorgung. Als einzige Heizmöglichkeit im Wohnzimmer ein klappriger Ölofen mit einem schiefen, vor einem halben Jahrhundert zum letzten Mal gestrichenen Ofenrohr und auf dem zerschundenen Linoleumboden zwei fadenscheinige Teppiche. Ich nehme an, dass hier früher ein alter Mensch sehr lange auf seinen Tod gewartet hat. Und vermutlich waren die Erben glücklich, den Plunder so bequem loszuwerden.

Jetzt noch das Telefontischchen im Flur und dann weg, nichts wie weg. Einmal muss ich noch an ihr vorbei. Wie gut, dass ich vorhin das Kissen auf ihr Gesicht gelegt habe.

*

So ging ich also ein zweites Mal die Hauptstraße hinunter, diesmal eilig, fand eine Buchhandlung gleich neben dem *Hotel zum Ritter*, wo man aber leider gerade keine Stadtpläne vorrätig hatte, und nach einigem Suchen eine zweite ein paar hundert Meter weiter westlich. Zweimal musste ich fragen und später einige Minuten hinter einer Schlange aufgekratzter Seniorinnen an der Kasse anstehen, die alle den gleichen schwedischen Krimi kauften, der, wie ich ihrem Geplapper entnahm, an diesem Tag erschienen war. All das dauerte so grausam lange. Auf dem Weg hinaus zog ich dann auch noch ein Lexikon aus dem Regal und suchte das Stichwort 'Mazedonien'. Ich hatte ja so viel Zeit.

Mazedonien, genauer: Makedonien, Hauptstadt Skopje, ursprünglich Teil Jugoslawiens, seit 1991 unabhängig, etwas über zwei Millionen Einwohner, ziemlich bunt gemischtes Völkchen, Slawen, Albaner und Griechen, leben hauptsächlich von Acker- und Bergbau.

Viertel vor sieben steuerte ich den Jaguar endlich aus dem Parkhaus und in Richtung Westen, die Friedrich-Ebert-Anlage hinunter, über den wie üblich verstopften Bismarckplatz.

Es gab keine Ampel, die nicht für mich auf Rot schaltete, und meine Ungeduld wuchs von Minute zu Minute. Aber kurz nach sieben war ich dann doch endlich in Bergheim, parkte in der Alten Eppelheimer Straße und stellte fest, dass die Frau, deren Namen ich nun immerhin schon kannte, nicht zu Hause war. Wie ich der Klingeltafel entnehmen konnte, wohnte sie im zweiten Obergeschoss eines Mietshauses aus der Gründerzeit, das nicht nach Wohlstand aussah. Bröckelnde Fassade, abblätternde Farbe, moosige Regenrohre, schadhafte Rollläden. Manche der Nachbargebäude waren in den letzten Jahren offensichtlich renoviert worden. Das, vor dem ich nun ratlos stand, zählte nicht dazu. Nur der Hauseingang war neu. Ein überhaupt nicht zum Stil des Hauses passendes weißes Plastikungetüm, bei dessen Anblick man dem Hausbesitzer unwillkürlich dafür dankbar war, dass er seine Erneuerungsbemühungen nicht fortsetzte. An manchen der Klingelknöpfe war das Namensschild schon mehr als einmal überklebt. Der Jaguar passte ungefähr so gut in diese Straße wie ein Diamantkollier an den Hals einer alten Hure.

Nachdem ich mich einige Zeit unschlüssig vor dem Haus herumgedrückt hatte, überquerte ich die schmale Straße und betrat eine kleine Weinstube. Es gab nur vier quadratische Tische. Ich wählte einen mit Blick aufs Fenster, bestellte bei der Wirtin, die eine gewisse Ähnlichkeit mit Fernandel in den alten Don-Camillo-Filmen hatte, heiße Würstchen, und hoffte, dass sie wenigstens aus einer frisch geöffneten Dose kamen. Ich erhielt eine Scheibe überraschend frisches Graubrot und ein verkrustetes Senftöpfchen dazu. Und ein Bier. Es roch, wie es in solchen Kneipen immer riecht: Nach dem Qualm von Jahrzehnten, Hektolitern verschüttetem Bier und Wein und Pissoirsteinen. Durch das tiefgezogene Bogenfenster konnte ich die Straße gut im Auge behalten. Katharina würde mir nicht entgehen, wenn sie nach Hause kam.

Plötzlich erinnerte mich das Lokal an meine Studentenzeit. In Marburg hatte es im Erdgeschoss des Hauses, unter dessen Dach ich wohnte, eine ähnliche Schänke gegeben. Dort war ich oft auf ein Schlummerbier, spät abends, nachdem ich bis an den Rand der Erblindung auf eine Klausur gepaukt hatte. Leider habe ich ja nie zu der Sorte Menschen gehört, die drei Tage vor einer Prüfung mal eben ihren Kram zusammensuchen, zwei Nächte durchbüffeln und dann zuverlässig eine Eins schreiben.

Vielleicht fühlte ich mich aus diesem Grund auf einmal zu Hause hier, vielleicht bestellte ich deshalb völlig automatisch Bier und später noch ein zweites.

An einem Nachbartisch hing ein hagerer alter Mann über seinem Bierkrug. Das karierte Hemd, dem schon hie und da ein Knopf fehlte, hing ihm aus der zerschlissenen beigefarbenen Tuchhose. Hin und wieder schnaufte er asthmatisch und hustete so bedenklich, dass ich reflexartig zu überlegen begann, was ihm fehlen mochte. In einer Ecke am Ende der Theke saß noch ein dritter Gast, ein auffallend großer Mann mit langer Nase in halb aufgeknöpfter Motorradmontur, und schlief. Er saß auf einem Barhocker und hatte sich so zwischen Theke und einen Spielautomat geklemmt, dass er nicht herunterfallen konnte. Der Spielautomat, ein älteres Modell, blinkte trübsinnig vor sich hin, sagte alle Minute einmal traurig 'Pling', und hatte alle Hoffnung auf artgerechte Beschäftigung offensichtlich schon vor langer Zeit aufgegeben. Musik gab es erfreulicherweise nicht.

Die Wirtin bewachte uns argwöhnisch. Sie machte den Eindruck, als ob sie ganz alleine einen Lieferwagen anschieben oder eine übermütig gewordene Rocker-Gang vor die Tür setzen könnte. Später zog sie sich nach hinten zurück und beschäftigte sich, nach den Geräuschen zu schließen, in der Küche mit dem Ausbeulen alter Kochtöpfe.

Die Würstchen waren besser als befürchtet, und das Bier schmeckte mir wie seit langem keines mehr. Mir wurde bewusst, dass ich seit Ewigkeiten kein Bier getrunken hatte. Immer nur diese dämlichen Cocktails, Sekt, Champagner und zu Hause Wein. Ich weiß nicht, warum das so ist, es hat sich einfach so ergeben. Millionäre trinken wohl kein Bier.

Nach einer Weile beendete die Wirtin ihre Reparaturarbeiten. Endlich war es still, die Abendsonne erleuchtete den Raum, der Mann an der Theke schnarchte leise, der Alte am Nachbartisch röchelte vor sich hin, und plötzlich entstand eine Atmosphäre tiefsten Friedens. Ich lehnte mich zurück, fühlte mich wohl und hatte das Gefühl, nach unvorstellbar langer Zeit endlich zur Ruhe zu kommen.

*

Zu diesem Zeitpunkt hatte Katharina noch etwas über vier Stunden zu leben, und es war, wie ich jetzt weiß, nur eine neue Schleppstrecke meiner Achterbahn, wo es gemächlich und trügerisch ruhig wieder hinaufging, höher noch als zuvor. In den gemeinsten Abschnitt der Fahrt. In den Teil, wo die Loopings kommen.

Im Treppenhaus ist Lärm. Jemand kommt die Treppe herauf. Schnell lösche ich alle Lichter. Es scheinen mehrere Personen zu sein. Meine Atmung quittiert ihren Dienst. Hoffentlich, hoffentlich wollen sie nicht zu Katharina! Ich höre einen Mann dröhnend lachen, ein zweiter stimmt ein. Sie kommen näher und näher. Eine Treppe noch, jetzt noch eine halbe. Eine junge Frau erzählt irgendwas, was offenbar überaus lustig ist. Sie spricht eine Sprache, die ich nicht verstehe, für mich aber eine verteufelte Ähnlichkeit mit Griechisch hat. Jetzt sind sie vor der Tür. Ich werde in der nächsten Sekunde tot umfallen. Aber sie gehen vorbei, weiter nach oben. Augenblicke später höre ich eine Tür klappen, Schritte über mir. Dann ist es wieder still. Ich warte, bis mein Puls sich beruhigt und mein Atem sich normalisiert hat. Dann schalte ich das Licht wieder ein und mache weiter. Lange wird es nun zum Glück nicht mehr dauern.

*

Mit einem Mal bemerkte ich, dass der alte Asthmatiker zu mir herüberstarrte. Ich erwiderte seinen Blick, obwohl es sonst nicht zu meinen Gewohnheiten gehört, mich mit Kneipenbekanntschaften zu unterhalten. Und darauf lief es ja wohl hinaus, so wie er guckte. Offenbar suchte er nur noch ein passendes Thema.

Nachdem er mich einige Sekunden mit dem durchsichtigen Blick der schwer Betrunkenen angestiert hatte, rülpste er dezent und sagte endlich mit ziemlicher Mühe: „Der Mensch denkt, Gott lenkt!“

Natürlich. Gibt es in dieser Welt irgendwo eine Kneipe ohne Hausphilosophen? Normalerweise pflege ich mir solche Leute mit Hilfe sturer Ignoranz oder, wenn das nicht reicht, durch hochmütige Blicke und leichtes Anstellen meiner Stacheln vom Leib zu halten.

Aber vielleicht, weil auch ich auf der Suche nach einem Gesprächspartner war, vielleicht nur, um mir die Zeit zu vertreiben, ich antwortete. Nicht eben freundlich, aber immerhin. „Wenn Sie das sagen, dann wird er wohl lenken.“

Damit war schon alles verloren. Mühsam schnaufend drehte er sich mit dem Glas in der Hand zu mir um, wobei er fast vom Stuhl kippte, legte den linken Arm auf die Stuhllehne, die rechte Hand hielt immerzu sein Bier fest. Er beugte sich vor und sagte mit wissendem Lächeln, das vermutlich Überlegenheit ausdrücken sollte: „Sie haben mich vielleicht nicht ganz richtig verstanden, verehrter Herr. Ich meinte nicht: Der Mensch denkt *und* Gott lenkt, ich meinte: Der Mensch denkt, *dass* Gott lenkt!“

Er grinste triumphierend, sichtlich über die Maßen begeistert von seinem geistreichen Wortspiel.

Ich stellte meinen Krug genau mittig auf den Bierdeckel und antwortete erst nach Sekunden. „Ich eigentlich nicht.“

„Sie wollen sagen, Sie denken nicht, dass Gott lenkt?“

„Nicht wirklich.“

„Und wer lenkt dann, Ihrer geschätzten Meinung nach?“

„Was weiß ich. Der Mensch selbst, der Zufall … Ja, ich denke, das meiste bestimmt letztlich der Zufall. Oder das Schicksal, wenn Sie so wollen.“

Im Grunde hasse ich solche Gespräche, bei denen nichts herauskommt als das endlose Wiederkäuen halbverdauter Viertelwahrheiten. Aber vielleicht war ich wirklich froh, mich mit einem Menschen unterhalten zu können. Mein Kopf brauchte ein wenig Auslauf.

*

Jetzt, einige Stunden später, würde ich auf seine Frage ohne zu zögern antworten: Niemand lenkt. Auf einer Achterbahn wird nicht gelenkt. Man kann nur die Zähne zusammenbeißen, sich festhalten, so gut es geht, und abwarten, bis es irgendwann, irgendwo, irgendwie von selbst aufhört. Alles andere ist Einbildung oder romantisches Wunschdenken.

Stopp! Um ein Haar hätte ich das Wichtigste vergessen: Ein Einbrecher muss auch etwas stehlen! Also gehe ich ein letztes Mal in Katharinas Wohnzimmerchen zurück, hebe mit Grausen die Handtasche auf, die sie vorhin im Handgemenge verloren hat, fische ihre Geldbörse heraus, was mit diesen Kochhandschuhen an den Händen gar nicht so leicht ist. Ein dünnes Notizbüchlein steckt auch noch drin, nun gut, warum nicht. Im Schlafzimmer findet sich ein bisschen Schmuck, darunter die goldenen Ohrringe, die sie vorgestern getragen hat. Sonst finde ich nichts, was das Stehlen lohnen würde.

Eine Zeile aus einem meiner Lieblingssongs von früher fällt mir ein, Janis Joplin: ‘Freedom is just another word for nothing left to lose’. Ja, ich habe verdammt viel zu verlieren und fühle mich in der Tat ziemlich unfrei. Aber andererseits, wenn ich mich hier umsehe, dann bin ich wieder sicher, dass Janis Unrecht hatte. Katharina hatte so wenig zu verlieren. Und sie scheint auch nicht gerade ein Leben ohne Zwänge geführt zu haben.

Auf einmal fällt es mir so schwer, Katharinas Sachen an mich zu nehmen. Mir ist, als würde ich sie dadurch ein zweites Mal töten. Jetzt aber nicht im Affekt, sondern in kalter Ruhe, mit voller Absicht.

Oben klappt eine Tür. Schritte auf der Treppe. Mit zwei lautlosen Sprüngen bin ich beim Lichtschalter.

Gerade noch rechtzeitig. Es klopft. Die Stimme der jungen Frau von vorhin ruft: „Katharina?“ Und wenig später noch einmal: „Katharina!“

Der Puls wummert gegen meine Schädeldecke. Was kann sie wollen? Katharina zu einer späten Party einladen? Sich zwei Eier oder eine Flasche Wein von ihr borgen? Wein gibt es in der Küche. Eine halbe Flasche billigen italienischen Weißwein habe ich vorhin im Kühlschrank gesehen.

Wieder klopft es. Das Rufen wird drängender: „Katharina!?“ Es folgt noch etwas in ihrer Sprache, was vermutlich „Wo zum Teufel steckst du denn? Ich weiß doch genau, dass du da drin bist!“ bedeutet.

Eine Weile ist es still. Dann wird von draußen ein Schlüssel ins Schloss geschoben. Mir bleiben vielleicht zwei Sekunden, um mir etwas einfallen zu lassen.

*

Er rückte näher. Sein Gesichtsausdruck verriet, dass er mich schon dort hatte, wo er mich haben wollte.

„Und was ist das, Ihrer werten Meinung nach, ein Zufall?“

Nun gut, warum auch nicht. Es kostete ja nichts außer Zeit und davon hatte ich ja mehr, als mir lieb war. So musste ich für ein paar Minuten nicht über meine verzwickte Situation nachdenken.

Der Henkel meines Bierkruges zeigte jetzt exakt zum Fenster, neunzig Grad zur bisherigen Ausrichtung. Ich studierte das aufgedruckte Wappen der Brauerei, während ich zögernd antwortete: „Komische Frage. Ein Zufall ist, nun … Zum Beispiel: Wenn ich einen Ball irgendwo hinwerfe, dann bleibt er mal hier und mal da liegen. Das ist Zufall.“

Jetzt grinste er spitzbübisch, innerhalb weniger Sekunden um viele Jahre jünger geworden. Mit Behagen nahm er einen Schluck und schien auf einmal sehr viel weniger betrunken zu sein. Er sah zur Seite, auf sein Glas, während er gefährlich langsam weitersprach: „Wenn Sie nun aber den Ball immer wieder auf genau die selbe Weise werfen, wenn es immer derselbe Ball ist, wenn die Luftbewegungen die gleichen sind, wenn überhaupt alles immer genau gleich ist, warum sollte er dann immer wieder an einer anderen Stelle liegen bleiben?“

„Okay …“ Ich gebe zu, das Gedankenexperiment begann mir Spaß zu machen. Ich drehte den Krug gegen den Uhrzeigersinn um weitere neunzig Grad, so dass er nun in Linkshänderstellung war, lächelte wohl sogar ein wenig. „Wenn immer alles genau gleich ist, dann bleibt er natürlich auch immer an derselben Stelle liegen, das ist doch wohl logisch, oder?“

„Wo bleibt aber dann der Zufall?“

„Er liegt … im Beginn? Natürlich. In der Wurfbewegung.“

„Aber wenn er einmal fliegt, wollen Sie sagen, dann ist alles Weitere festgelegt?“

Noch immer begriff ich nicht, worauf er hinauswollte. Offenbar war dieser alte Säufer nicht dumm, er verfolgte ein Ziel und die Sache begann mich zu fesseln.

Eine Weile sah ich aus dem Fenster. Teils, um Katharina nicht zu verpassen, falls sie kommen sollte, teils auch, um mich besser konzentrieren zu können. Dann nahm ich einen Schluck aus meinem Krug und sagte: „Ich denke, ja. Das Ergebnis des Wurfs ist Physik, das kann man berechnen. Richtig?“

„Gut“, sagte er, sichtlich zufrieden mit dem Ergebnis meiner Überlegungen. „Gehen wir nun einen Schritt weiter. Der Zufall liegt also im Abwurf. Nehmen wir weiter an, Sie werfen den Ball nicht selbst, sondern Sie haben eine Maschine konstruiert, die einen Wurf absolut perfekt wiederholen kann. Oder Sie sind ein Künstler, der den Wurf so lange trainiert hat, bis er ihn immer genau gleich reproduzieren kann. Was ist dann. Wo bleibt jetzt der Zufall?“

„Dann gibt es keinen Zufall mehr, das ist logisch. Dann wäre ja alles immer wieder genau dasselbe. Das ist Mathematik.“

„Der Zufall liegt somit nur in der Unfähigkeit Ihres Armes, zweimal einen Wurf auf genau die gleiche Weise auszuführen. Wenn man aber genau wüsste, wie Sie werfen werden, dann wüsste man auch, wo der Ball liegen bleiben wird. Oder anders ausgedrückt: Wenn man die Ursachen nur genau genug kennt, dann kann man das Ergebnis mit beliebiger Präzision vorhersagen. Und nun erlauben Sie mir bitte noch einmal die Frage: Wo ist der Zufall dabei?“

„Es war, glaube ich, ein blödes Beispiel. Ich lasse mir ein anderes einfallen.“

Schmunzelnd dachte ich nach, wobei mein Krug einige unpräzise Schwenkbewegungen machte. Irgendwo in seiner Argumentation musste ein Denkfehler stecken, den ich aber nicht fand.

Schließlich gab ich auf. „Ich gebe mich geschlagen. Verraten Sie mir den Trick?“

„Welchen Trick?“

„Sie haben mir eben bewiesen, dass es keinen Zufall gibt, aber ich sehe doch jeden Tag tausendmal, dass er existiert!“

Plötzlich war er vollkommen ernst. Und ich schwöre, ganz und gar nüchtern. Er beugte sich zu mir herüber und sagte so leise, als würde er mir eines der größten Geheimnisse der Menschheit anvertrauen: „Sie täuschen sich, verehrter Herr. Es ist kein Trick dabei. Es gibt tatsächlich keinen Zufall. Alles ist vorherbestimmt. Alles war vom ersten Augenblick des Universums an bekannt. Es übersteigt nur in unvorstellbarem Maße unsere intellektuellen Fähigkeiten, es vorauszuberechnen. Es gelingt uns ja noch nicht einmal bei einem so trivialen Beispiel wie unserem Ball. Aber dass wir es nicht vorhersagen können, heißt ja nicht, dass es grundsätzlich nicht vorhersagbar wäre, nicht wahr? Alles ist nur eine endlose Folge von Ursachen und Wirkungen. Vom Beginn der Welt an folgt eine Wirkung auf eine Reihe von Ursachen und ist ihrerseits wieder Ursache neuer Wirkungen und so fort. Alles liegt fest, von Anbeginn. Wir können es nur leider meist nicht erkennen.“

Er trank sein Glas aus, bestellte mit einem Wink ein neues und, nach einem fragenden Blick, ein zweites für mich.

Ich war ein wenig durcheinander. Ich bin es nicht gewohnt, mir von einer Kneipenbekanntschaft mein Weltbild in Scherben klopfen zu lassen. Aber ich konnte die Sache drehen und wenden wie ich wollte, ich kam nicht auf den logischen Fehler in sciner Argumentation. Er beobachtete mich amüsiert. Vermutlich war ich der tausendste Kandidat für sein Experiment und bestimmt war das Ergebnis am Ende mit schöner Regelmäßigkeit das gleiche: Freibier.

Bis die neuen Gläser kamen, schwiegen wir. Draußen war die Sonne untergegangen. Die Wirtin schaltete das Licht über der Theke ein und knallte uns wortlos die Krüge vor die Nase.

Nachdem wir uns zugeprostet hatten, fuhr er fort: „Gehen wir ein wenig weiter in Ihrem Beispiel, wenn Sie erlauben. Machen wir es etwas komplizierter. Sie werfen den Ball nicht wic bisher mit Absicht immer genau gleich, sondern mal hierhin, mal dorthin. Wie würden Sie das nennen?“

„Das kann man dann natürlich beim besten Willen nicht mehr Zufall nennen.“ Ich kam mir vor wie ein Schüler, der von seinem Lehrer durch geschicktes Fragen in eine bestimmte Richtung gelenkt wird, so dass er am Ende meint, von alleine auf den Gedanken gekommen zu sein, obwohl im ersten Moment schon feststand, was das Ergebnis seiner Grübeleien sein würde. Aber ich war nun doch gespannt darauf, was er noch an intellektuellen Zauberstückchen auf Lager hatte.

„Das ist dann meine Entscheidung, wohin ich werfe. Richtig?“

„Anders ausgedrückt, Ihr freier Wille?“ Wiedcr crschien dieser spitzbübische Ausdruck in seinem Gesicht, diese Vorfreude, die nichts Gutes für mein Weltbild ahnen ließ.

Mit sichtlichem Genuss ging er daran, eine weitere Kante abzuschlagen. „Nehmen wir nun weiter an, was natürlich wieder nur ein Gedankenexperiment sein kann, nehmen wir aber dennoch an, Sie würden zweimal in Ihrem Leben in eine genau gleiche Situation geraten. Sie werfen zweimal den genau gleichen Ball, Sie haben vorher dasselbe gegessen, getrunken …“, er hob das Glas andeutungsweise, „… das Gleiche getan, alles wäre also ganz und gar gleich. Sie verstehen, was ich meine?“

Ich hatte inzwischen begonnen, auf der Tischplatte liegende Brotkrümel der Größe nach sortiert in einer Reihe antreten zu lassen. Aber ihre Disziplin war schlecht, ich musste viel korrigieren, bis ich eine halbwegs zufriedenstellende Ordnung hergestellt hatte.

„Ja, ich verstehe. Ich kann es mir aber schlecht vorstellen, ehrlich gesagt. Irgendwas wird ja immer anders sein, allein schon deshalb, weil ich ja beim zweiten Mal weiß, dass ich den Ball schon einmal geworfen habe.“

„Wir steigen niemals zweimal in den gleichen Fluss, nicht wahr? Richtig. Versuchen Sie es dennoch. Alles ist genau gleich, alle Voraussetzungen, alle Umgebungsbedingungen. Einfach alles. Was geschieht?“

„Dann werde ich den Ball vermutlich beim zweiten Mal genau so werfen wie beim ersten.“

„Aber eine Kleinigkeit ist uns eben verloren gegangen, bemerken Sie es?“

Ich brauchte einen Moment, um zu begreifen, dass ich ihm schon wieder auf die Leimrute gekrochen war. „Es ist keine freie Entscheidung mehr!“

Erst langsam wurde mir bewusst, was das Ergebnis dieses Spiels war: Er wollte mir einreden, dass der Mensch keinen freien Willen hat, dass alle unsere Taten und Entschlüsse vorbestimmt und vorhersagbar sind. Wieder nur eine Folge seiner unendlichen Ursachenketten.

Natürlich hatte ich davon gehört, dass es Strömungen in der Philosophie und seit Neuestem auch in der Gehirnforschung gibt, die sich mit solchen Gedanken beschäftigen. Aber etwas in mir hat sich immer geweigert, diese Ansichten zu akzeptieren. Die Vorstellung, der Mensch könne nicht frei entscheiden, was er tun oder lassen will, widerspricht allen meinen Überzeugungen und meiner Lebenserfahrung. Ich bin Rationalist. Ich weiß, was ich will und was ich tue und in der Regel auch, warum ich es tue. Und dieser hustende Säufer hier schaffte es innerhalb von Minuten, die Basis meines Lebenskonzepts in empfindliche Schräglage zu bringen.

Ich fegte meine Krümel vom Tisch, schüttelte den Kopf, versuchte noch eine Weile, gegen ihn anzureden, aber er ließ mir keine Chance. Er hatte das Spiel wohl wirklich schon Hunderte von Malen mit wechselnden Partnern gespielt und kannte jeden Winkelzug, jede Ausflucht.

„Aber wenn es keinen freien Willen gibt, wie kann man dann einen Verbrecher einsperren für das, was er getan hat? Er konnte doch gar nichts dafür, es war ja vorherbestimmt!"

Dieses triumphierende Lächeln! Ich fing an, ihn dafür zu hassen. Aber jetzt hatte ich ihn, glaubte ich.

Er nickte ernst. „Sie haben vollkommen Recht."

Ich wurde immer konfuser. „Aber das geht doch nicht! Wo würde unsere Gesellschaft landen, wenn man so denken würde!"

„Es ist, wie sie sagen: Er kann nichts dafür. Wenn Sie oder ich mit den gleichen Anlagen und den identischen Erfahrungen im Kopf, mit dem gleichen Charakter in dieselbe Situation gerieten wie er, so würden wir zweifellos das selbe tun."

„Aber damit reißen Sie ja alles nieder, jede Schranke, jede Moral, jedes Recht! Das ist der Urwald! Auf dieser Basis können Menschen doch nicht zusammenleben!"

„Und warum nicht, bitte sehr?"

„Nun. Ich könnte Ihnen jetzt zum Beispiel mit diesem Bierkrug hier den Schädel einschlagen und anschließend behaupten, ich habe nicht anders gekonnt, es habe eben in mir gesteckt. Was würden Sie davon halten?"

„Warum tun Sie es nicht?"

„Wie?"

„Warum tun Sie es nicht?"

„Also erstens: Ich hätte ja nichts davon und zweitens: Ich weiß nicht … Ich fände es eben nicht richtig. Ich würde ja auch nicht mögen, dass Sie mir mit ihrem Krug eins überbraten."

„Mit anderen Worten, es ist nicht in Ihnen angelegt, mich zu erschlagen. Zumindest jetzt, zu diesem Zeitpunkt nicht.

Sie könnten es in Wirklichkeit überhaupt nicht, auch wenn sie es sich vielleicht einbilden.“

„Ich könnte sowieso niemals einen Menschen töten“, sagte ich mit voller Überzeugung und trank zur Bekräftigung einen großen Schluck Bier. „Schließlich bin ich Arzt.“

Er schmunzelte in sich hinein und sagte nichts mehr.

Bald war auch mein zweites Glas leer, und mir schwirrte der Kopf. Ich drehte meinen Krug noch eine Weile sinnlos hin und her und beschloss endlich, mich aus der Affäre zu stehlen. Ich bezahlte, natürlich auch seine Zeche. Er versuchte nicht einmal so zu tun, als hätte er nicht damit gerechnet. Die Wirtin nahm mein Geld mürrisch, aber immerhin ohne nach mir zu schlagen. Ich winkte ihm zu und ging.

Er erwiderte meinen Gruß nicht, weil ihn gerade wieder einer seiner Hustenanfälle schüttelte. Der Mann am Tresen schlief immer noch mit offenem Mund. Nur der Spielautomat sagte zum Abschied traurig „Pling“.

Als ich das Lokal aufatmend verließ, war es dunkel geworden. Die Häuserwände strahlten die im Laufe des Tages gespeicherte Hitze ab. Ich überquerte die Straße, setzte mich in den Wagen, ließ die Fenster herunter und machte Musik an. Debussy, was sonst. Die trübe Straßenbeleuchtung flammte auf. Die Leuchte schräg über mir hörte nicht auf zu flackern. Es roch nach heißem Asphalt und Hundekot.

In der Straße herrschte wenig Betrieb. Hin und wieder ein Gassi gehender Hundebesitzer oder ein eiliges Liebespärchen. Einmal eine grölende Gruppe angetrunkener Halbstarker, die gefährlich dicht an meinem Jaguar vorbeistrichen, mir unfreundlich lachend zuwinkten und obszöne Gesten machten. Aber sie zogen weiter.

Die Uhr zeigte zwanzig nach zehn. Immer öfter musste ich gähnen. Mit einem Mal merkte ich, wie müde ich war. In der letzten Nacht hatte ich nur wenig Schlaf gefunden, der Tag war anstrengend gewesen, Hitze und Bier taten ein Übriges. Ich schloss die Fenster und suchte eine bequemere Sitzhaltung. Eine gelangweilte Katze schlich vorbei, später etwas

Kleines, Flinkes, was ich für eine Ratte hielt. Selten ein Auto, meist im Schritttempo, auf der längst hoffnungslos gewordenen Suche nach einer Parklücke.

Es gab keine bequeme Haltung mehr. Seufzend öffnete ich die Fenster wieder. Keinesfalls durfte ich einschlafen. Viertel vor elf. Es wurde stiller und stiller um mich herum. In den ersten Wohnungen erloschen die Lichter.

Ich schrak hoch. Kurz nach elf. Also war ich doch eingenickt. Die CD war zu Ende. Ein lärmendes Paar ging vorbei, deren Gezeter hatte mich geweckt. Der Mann, ein kugelbäuchiger Schlägertyp von beeindruckender Körpergröße, ging schweigend und mit gesenktem Kopf voraus. Die Frau, klein, mehr dürr als schlank und mit rötlicher Löwenmähne immer zwei Schritte hinter ihm. Sie beschimpfte ihn mit kreischender Stimme und drosch ihm in regelmäßigen Abständen ihre Handtasche ins Kreuz. Ihre Vorwürfe kreisten um die Behauptung, alle Männer seien Schweine und er selbst ein ausgesucht stinkendes Exemplar. Anlass schien die Tatsache zu sein, dass er sich mit einer gewissen Fotze namens Vanessa etwas zu ausführlich unterhalten hatte. Und wenn ihm deren Titten besser gefielen als die ihren, so hätte sie aber auch gar nichts dagegen, wenn er sich künftig eben von der aushalten ließe. Schließlich versuchte sie auch noch, ihm im Gehen in den Hintern zu treten, was aber auf Grund der sehr unterschiedlichen Körpergrößen kläglich misslang. Er schwieg die ganze Zeit und sah nicht ein einzige Mal zurück.

Ich rieb mir die Augen und hoffte, dass ich Katharina nicht verpasst hatte. Ein Blick nach oben: Ihre Wohnung war immer noch dunkel. Oder schon wieder?

Jemand beugte sich zu mir herunter, ich erschrak.

Aber es war nur der Philosoph von vorhin. Freundlich winkend rief er: „Und nicht vergessen: Alles schon bekannt, nur leider nicht hier drin!“ Er tippte an seine Schläfe und humpelte in gefährlicher Schräglage davon. Besorgt sah ich ihm nach, aber er fiel nicht. Schließlich verschwand er in einem Hauseingang, und ich war wieder allein. Ich hätte ihn nach seinem Beruf fragen sollen. Vielleicht ein verkrachter Schriftsteller oder ein dem Alkohol verfallender Professor.

Es war elf Uhr siebenundzwanzig, als Katharina endlich kam. Ich erkannte sie sofort, schon als sie weit hinten um die Ecke bog, an ihrem Gang, ihren ruhigen, sparsamen Bewegungen. Die Handtasche trug sie unter den Oberarm geklemmt und hielt sie zudem mit beiden Händen fest, als hätte sie Angst vor einem Überfall. Gekleidet war sie wie am Tag zuvor, den Blick hielt sie gesenkt, wie üblich.

Mein Puls begann zu stolpern. In mir brach ein verwirrender Sturm von Gefühlen los. Ich freute mich, sie zu sehen, und gleichzeitig stieg eine eiskalte Wut in mir hoch. Vermutlich hatte sie soeben wieder einen Kollegen aufs Kreuz gelegt, nein, sich von ihm aufs Kreuz legen lassen, während ihre Kumpels Wachsabdrücke von seinen Schlüsseln machten. Obwohl kaum anzunehmen war, dass es noch mehr solche Idioten gab wir mich. Andererseits, nein, Katharina sah wirklich nicht aus wie eine Professionelle. Vielleicht war gerade das ihr Trick?

Zitternd vor Aufregung stieg ich aus und traf an der Haustür mit ihr zusammen. Sie war schon dabei aufzuschließen, hatte mich nicht kommen gehört, schrak zusammen, fuhr herum und – lächelte.

Ja, verdammt. Sie schien sich wirklich zu freuen, mich zu sehen.

7

Viel ist mir nicht eingefallen, vorhin. Nach einer Schrecksekunde habe ich mich in meiner Verzweiflung einfach von innen gegen die Tür gestemmt. Die Nachbarin versuchte sie aufzudrücken, einmal, zweimal, aber ich war zum Glück stärker als sie. Verwundert murmelte sie vor sich hin, schloss nach langem Zögern wieder ab und ging.

Jetzt klappt oben die Tür. Sie ist weg.

Ich rutsche einfach an der Tür herunter und sitze schwer atmend auf dem blanken, unebenen Dielenboden. Aber nicht lange. Wenn sie Verdacht geschöpft hat, dann ist spätestens in fünf Minuten die Polizei hier. Ich raffe mich auf, stecke Katharinas Portemonnaie ein, die anderen Dinge, die ich ihr 'gestohlen' habe, werfe diese unförmigen, inzwischen schweißfeuchten Handschuhe in die Küche, öffne die Wohnungstür mit einem Papiertaschentuch in der Hand, trete hinaus, ziehe sie leise, leise zu. Ich warte, bis meine Augen sich an die Dunkelheit gewöhnt haben, und trete sie ein, wie ich es mir vorgenommen habe. Es geht ganz leicht, dieses Haus ist wirklich eine Bruchbude. Die Tür knallt auf, fliegt gegen die Wand und scheppert zurück in den Rahmen, das Schloss fängt sie aber nicht mehr, so bleibt sie endlich, immer noch vibrierend, halb offen stehen.

Ich fliehe die Treppe hinunter, zur Haustür hinaus, in den Wagen. Atemlos sehe ich nach oben. Nirgendwo geht Licht an. Vielleicht ist man es hier gewohnt, dass hin und wieder einer nachts seine Wohnungstür aufbricht.

*

Katharina lächelte mich an und sagte etwas in ihrer unverständlichen Sprache, was überhaupt nicht abwehrend oder gar böse klang. Ich war noch mehr verwirrt als in den Sekunden zuvor und spürte plötzlich den heftigen Drang, sie zu umarmen.

Sie fragte mich etwas Freundliches und deutete nach oben. Ich geriet immer mehr aus der Fassung, nickte nur benommen, folgte ihr wortlos die ausgetretenen Treppen hinauf und kam erst wieder zur Besinnung, als schon die Wohnungstür zu war, und sie Anstalten machte, mir um den Hals zu fallen. Da wehrte ich sie ab, sie zuckte zurück und ihr Lächeln verschwand wie – warum nicht – wie der Kopf eines Igels bei Gefahr.

Plötzlich war ich wieder wütend. Was blieb mir denn anderes übrig, als wütend zu sein? Sonst hätte ich mich doch mit Sicherheit in ihre Arme geworfen.

So packte ich sie mit beiden Händen an den Schultern, hielt sie damit zugleich fest und auf Abstand, und sagte sehr langsam, damit sie mich verstehen konnte: „Hör zu, Katharina, du musst mir sagen, wer dich zu mir geschickt hat!"

Ich weiß nicht, warum ich sie duzte. Es geschah ganz automatisch. Sie starrte mich nur verständnislos an.

Ich schüttelte sie, ganz leicht nur. „Ich muss mit den Leuten reden. Ich will nur mit ihnen reden, verstehst du? Ich will auch keine Polizei. Ich möchte ihnen ein Geschäft vorschlagen, verstehst du mich, Katharina?"

Das Wort „Polizei", das hatte sie offenbar verstanden. Da wurden ihre Augen groß, ihr Ausdruck panisch, sie riss sich los, stolperte ein paar Schritte rückwärts, ins Wohnzimmer, legte die rechte Hand an die Brust, die linke streckte sie abwehrend von sich. Mit erstickter Stimme stammelte sie: „Nein Polizei! Bitte! Nein Polizei!"

Ich folgte ihr mit Abstand, um ihre Angst nicht noch zu vergrößern. In der Tür blieb ich stehen, tastete nach dem Lichtschalter, es wurde hell, ich suchte nach Worten. Ich musste Geduld mit ihr haben.

„Gut. Keine Polizei. Keine Polizei. Aber dann musst du mir sagen, wer dich zu mir geschickt hat, Katharina."

Sie starrte mich an und rührte sich nicht mehr. Vielleicht überlegte sie, wie sie sich verhalten sollte. Vielleicht versuchte sie auch nur zu verstehen, was ich von ihr wollte.

„Du musst es mir sagen, hörst du! Das ist sehr, sehr wichtig für mich! Wer hat dich zu mir geschickt?“

Und nochmals, ganz langsam, Buchstabe für Buchstabe:

„WER HAT DICH GESCHICKT?“

Nun endlich schien sie zu begreifen. Sie senkte den Blick, schüttelte traurig den Kopf. „Ich nicht sagen.“

Ich kann mich noch erinnern, wie ich auf sie zuging, sie wieder an den Schultern packte, schüttelte, auf sie einredete, dabei lauter und lauter wurde, wie sie in zunehmender Panik den Kopf schüttelte, versuchte, sich loszumachen, im Rückwärtsgehen stolperte, plötzlich schrie, schrie, und – ich auf ihrer Leiche sitzend und mit einem Kissen in den Händen wieder zu mir kam.

*

Der Zwölfzylinder springt sofort und nahezu geräuschlos an, ich kurve aus der Parklücke, und nach den ersten Metern wird mir bewusst, dass ich nicht weiter weiß. Bis eben hat mich mein Plan mit dem vorgetäuschten Einbruch am Funktionieren gehalten, aber nun ist diese Schnur, an der ich mich durch meine Finsternis gehangelt habe, zu Ende, und ich weiß den nächsten Schritt nicht. Wenn ich nicht bald einen Menschen finde, mit dem ich sprechen kann, dann breche ich zusammen. Sollte mich jetzt eine Polizeistreife aufhalten, wegen irgendwas, die beiden hätten Gesprächsstoff für Monate: Ungefragt würde ich ihnen einen Mord gestehen, von dem außer mir noch kein Mensch weiß, und sie würden den redseligsten Mörder der Geschichte vor sich haben.

Katharina ist tot, und mein Giftschrank ist so leer wie zuvor. Meine letzte Möglichkeit, das Unglück abzuwenden, ist dahin, und die kommende Katastrophe ist nur um vieles größer geworden. Es ist, als ob plötzlich ein Fluch auf mir läge, als ob der Teufel persönlich mich zu seinem Lieblingsspielzeug erkoren hätte. Nein, ich kann nicht mehr. Und ich will auch nicht mehr. Ich werde jetzt nach Hause fahren und mit Anja sprechen. Vielleicht wirft sie mich hinaus, vielleicht wird sie mich anzeigen, vielleicht hilft sie mir auch. Zumindest wird ihr dieses eine, einzige Mal ihr ironisches Lächeln vergehen. Ich kann es nicht ändern. Ich kann nicht mehr.

Meine Gedanken ziehen vorbei wie die Lichter der großen, leeren Straße, durch die ich fahre. Gott sei Dank brauche ich nicht zu überlegen, wie ich nach Hause komme. Schon nach wenigen Metern bin ich wieder auf einer bekannten Strecke und fahre jetzt auf meinem gewohnten Heimweg, die Mittermaier-Straße nach Norden, links die Kirche, deren Namen ich mir nie merken kann, über die Neckarbrücke. Ich biege rechts ab, fahre die nördliche Uferstraße am Neckar hinauf. Die Lichter der Stadt spiegeln sich auf der so trügerisch ruhigen Wasseroberfläche. Klotzige dunkle Villen träumen im Nachtschlaf. Platanen halten ihre Äste hoch in der unerschütterlichen Gewissheit, dass das Licht auch morgen früh wieder kommen wird wie jeden Tag. Dass diese Dunkelheit nicht für immer sein wird.

Der Jaguar findet ganz alleine zu seiner Garage zurück. Mein Gehirn arbeitet ungefähr so wie meine Verdauung: Ohne mein Zutun rumort es vor sich hin, fördert alles Mögliche von hier nach dort, und am Ende kommt vermutlich in beiden Fällen das Gleiche heraus. Ich lasse es rumoren. Es ist mir gleichgültig. Nichts ist jetzt mehr wichtig. Ich kann nicht mehr.

Die absonderlichsten Dinge gehen mir durch den Kopf. Plötzlich diese Wellenreiter, damals auf Hawaii. Unser letzter gemeinsamer Urlaub, vor Jahren schon. Ein Tag auf Maui. Anja hatte damals gerade mit dem Windsurfen angefangen, und die Wellen von Maui muss jeder Surfer, der auf sich hält, einmal im Leben wenn schon nicht bezwungen, so doch wenigstens gesehen haben. Wir saßen im Sand, aßen Hot-Dogs, tranken Cola mit Unmengen zerstoßenem Eis, der Wind orgelte uns um die Ohren und wir beobachteten Stunden und

Stunden diese lebensmüden Surfer dort draußen. Zwischen, über und auch unter diesen aberwitzigen, haushohen Brechern.

Damals kam mir der Gedanke: So wie das, was die Jungs dort draußen treiben, so ist unser Leben. Solange du oben bist, sicher auf deinem Brett stehst, gibt es nichts Schöneres auf der Welt. Du gleitest dahin, in dieser strahlenden Sonne, auf diesem klaren, so unverschämt blauen Wasser, blendende Gischt umschäumt deine Füße. Du bist der Liebling der Götter und bildest dir ein, alles im Griff zu haben, obwohl doch nur diese ungeheure Wasserwand dich vor sich hertreibt.

Alles ist so leicht und sorgenfrei.

Aber wehe, du machst eine einzige, eine winzige falsche Bewegung. Ein Augenblick der Unaufmerksamkeit, ein Zögern im verkehrten Moment, und du bist hin. Das Wasser ist nicht mehr blau und gleißend, sondern schwarz und brutal. Die Sonne gibt es für dich nicht mehr, um dich nichts als blanke Gewalt, und du wirst niemals wieder nach oben kommen. Nur die Wasseroberfläche, nur die Dicke einer Atomschicht, hat dich von dieser eiskalten Hölle getrennt, und nun bist du drin und es ist aus.

Ich bin jetzt unten, und die Brandung haut mir das Brett um die Ohren.

Auf einmal weiß ich wieder, warum ich Katharina getötet habe. Sie ist gestolpert, fiel rückwärts und begann zu schreien, lauter und immer lauter, und das durfte sie doch nicht. Erst versuchte ich noch, ihr den Mund zuzuhalten, wollte sie beruhigen, alles erklären. Aber sie hatte solche Angst vor mir und auf einmal eine so ungeheure Kraft, die ich doch bändigen musste. Und je mehr ich versuchte, sie still zu halten, umso wilder wurde ihre Gegenwehr. Und dann war da dieses Kissen. Und dann war plötzlich Ruhe.

Vermutlich hat sie gar nicht verstanden, was ich von ihr wollte. Sie hat nur gemerkt, dass ich böse auf sie war und nicht begreifen können, weshalb.

Und dabei hat sie sich doch so offensichtlich gefreut, mich zu sehen.

Ein Gedanke zuckt mir durch Kopf, ein heißer Stich in den Bauch: Ob sie mich auch geliebt hat?

Ja, bin ich denn blöde? Geliebt? Und weshalb 'auch'? Ich habe wirklich den Verstand verloren. Kann man denn den Umstand, miteinander zu vögeln, besser: vögeln zu wollen, als Liebe bezeichnen? Andererseits, was heißt schon Liebe? Ein vorübergehendes kleines Ungleichgewicht der Körperchemie, Hormone, Endorphine, ein verschwenderischer Überschuss an Neurotransmittern, mit dem einen, dem einzigen Ziel: Nachkommen zu zeugen, viele. Unsere Gene wollen vervielfältigt werden. Das ist alles.

Wenn man die Stoffe synthetisch herstellen könnte, die uns der Organismus in diesen Momenten zur Anregung und anschließenden Belohnung spendiert, dann wäre Liebe sehr teuer und würde vermutlich unter das Betäubungsmittelgesetz fallen.

Es geht ja immer nur um das Überleben und um die Erhaltung der Art. Alles, was wir treiben, dient letztlich nichts anderem als einem gigantischen Wettkampf geistloser Eiweißketten um die Weltherrschaft.

Richtig, daran hatte ich noch überhaupt nicht gedacht: Schwanger hätte Katharina ja auch noch werden können, bei dem ganzen Schlamassel. Aber zumindest da besteht nun keine Gefahr mehr.

Es ist zum Lachen. Ja, wenn nicht alles so entsetzlich wäre, es wäre zum Lachen: Ich sitze hier im Wagen und überlege, ob die Frau mich geliebt hat, die mir so unglaublich gekonnt und nachhaltig den Teppich unter den Füßen weggerissen hat. Ich fange nun offenbar wirklich an durchzudrehen. Ich brauche dringend einen Menschen, mit dem ich sprechen kann. Und außer Anja fällt mir niemand ein.

Ich hätte diese Tür nicht eintreten sollen. Das war eine vollkommen idiotische Idee. Kein Einbrecher der Welt tritt in einem bewohnten Haus eine Tür ein. Aufbrechen, das wäre glaubwürdiger gewesen. Vielleicht mit einem Schraubenzieher. Aber man kann einfach nicht an alles denken in einer solchen Situation. Und wo, zum Teufel, sollte ich einen Schraubenzieher hernehmen? Irgendwo in meinem Auto gibt es mit Sicherheit Werkzeug. Wenn ich nur wüsste, wo.

Inzwischen bin ich schon in Neuenheim. Eben habe ich, wie es sich gehört, an einer roten Ampel gehalten, obwohl weit und breit kein anderer Verkehrsteilnehmer in Sicht war. Jetzt fahre ich weiter, biege rechts ab, nachdem ich ordentlich geblinkt habe. Alles funktioniert ganz vorschriftsmäßig, ich fahre in dieses Sträßchen, das sich schmäler und schmäler werdend den Heiligenberg hinauf windet und quält. Und ich werde nicht wirklich verrückt, mein Herz bleibt nicht stehen vor Hoffnungslosigkeit, die Atmung versagt nicht vor Verzweiflung. Die Körperchemie blubbert und gärt vor sich hin, diese uralten Versorgungsbetriebe da unten tun ihre Arbeit wie seit Jahrmillionen. Was kümmern sie die Befindlichkeiten der Psyche, dieses letzten Schreis der Evolution? Eine kleine Irritation der Großhirnrinde, eine leichte Reizung des limbischen Systems, eine vorübergehende Aufregung dieser merkwürdigen neumodischen Einrichtungen dort oben. Die Verdauung verarbeitet Würstchen, Brot und Bier, das Kleinhirn fährt Auto, und das Großhirn macht aus purer Langeweile kleine Spielchen und Kunststücke. Man kennt das, das gibt sich wieder. Der Organismus, diese unbegreiflich komplizierte Zellkultur, muss überleben, darum geht es. Er folgt seinem einzigen, vor Ewigkeiten einprogrammierten Ziel: sich selbst und die Art am Existieren zu halten, so lange wie irgend möglich. Das ist das Geheimnis des Lebens. Alles andere ist Schwachsinn.

Der Jaguar wird langsamer, schwenkt nach links, ein Garagentor schwingt ganz automatisch auf. Er bleibt stehen. Ich stelle den Motor ab. Ich bin da. Ich bin zu Hause.

Das Loslassen des Lenkrads fällt mir schwer. Das Öffnen der Tür, das Aussteigen. Aber es hilft nichts, jetzt muss ich es hinter mich bringen. Seltsamerweise fürchte ich mich vor dem Gespräch mit Anja mehr, viel mehr, als vor allem, was danach kommen wird – Polizei, Gericht, Gefängnis. Anjas Reaktion kann ich mir so gut vorstellen. Alles Weitere ist abstrakt. Und schlimmer kann es dann ohnehin nicht mehr werden.

Erst wird sie weinen, dann schreien, sich die Haare raufen, und am Ende wird sie mir Vorwürfe machen. Endlose Vorwürfe. Und entsetzliches Mitleid wird sie haben mit sich. Nur mit sich. Ich hasse solche Szenen. Ich mag Menschen, die sich unter Kontrolle haben, andere nicht mit ihren Emotionen belästigen.

Auf einmal wird mir klar, dass ich mich neben vielem anderem vor allem vor dem Geständnis fürchte, dass ich mich mit einer Putzfrau eingelassen habe. Weit unter Niveau. Andererseits, vielleicht kann sie es dann leichter ertragen, dass ich sie betrogen habe, wenn sie Katharina nicht als ebenbürtige Konkurrentin ansehen muss.

Ich muss eine Menge Steinstufen hinaufsteigen, um das Haus zu erreichen. Es liegt einige Meter über der Straße. Es gelingt mir aufzuschließen, ich durchquere leise die Eingangshalle und betrete den Saal, den wir unser Wohnzimmer nennen. Noch bringe ich es nicht über mich, Anja zu wecken. Erst noch einen Cognac. Ich schalte nur einen kleinen Teil unserer verschwenderischen Beleuchtungsmaschinerie ein, nehme mir einen riesigen Hennessy und lasse mich auf eines dieser italienischen Designersofas aus weißem Was-weiß-ich-was-Leder fallen. Vermutlich nennt man diese Dinger nicht einmal Sofas, weil das nicht vornehm genug klingt.

Unser Haus repräsentiert das, was vor fünfzig Jahren Bauhaus-verwirrte Architekten als modern ansahen. Ein breites Flachdachgebäude, dessen Vorderfront fast vollständig verglast ist, mit einem mächtigen, aus schwarzem Granit gemauerten Kamin. Viel zu groß für zwei Personen, viel zu kalt, um Gefühle wie Gemütlichkeit oder gar Geborgenheit aufkommen zu lassen. Plötzlich hasse ich diesen ganzen Krempel. Plötzlich ist mir all das so fremd, dieser sinnlose Luxus, diese verschwenderische Weitläufigkeit. Nein, ich bin hier nicht wirklich zu Hause. Dies ist immer noch Onkel Gregors Haus.

Oder Anjas. Es ist ein Haus für Mitglieder dieser überreizten Jet-Set-Schicht, zu der ich nie gehören werde.

Ich bin hier bestenfalls zu Gast.

Dabei haben wir alles gemeinsam beschlossen, bei jedem Teil der Einrichtung hat Anja mich um meine Meinung gefragt und ich war einverstanden. Und dennoch habe ich das Gefühl, dass ein Raum, den ich nur für mich einrichten würde, ganz anders aussehen würde. Wie? Ich weiß es nicht.

Manchmal, in schwachen Momenten, wenn mir alles über den Kopf zu wachsen droht, habe ich die Vorstellung, es würde ein weitgehend kahler Raum sein. In reinem, ungebrochenem Weiß gestrichen, mit ganz wenigen Bildern an den Wänden, Drucken von Nolde, Beckmann, Kirchner, Munch. Dazu eine Matratze am Boden, auf einigen Backsteinen ein Brett mit meinen Lieblingsbüchern darauf. Ein paar grüne Pflanzen, vielleicht noch eine kleine Stereoanlage, wie ich sie im Kaufhaus gesehen habe, damit ich hin und wieder meine Platten hören kann. Mehr brauche ich nicht. Durch die Fenster scheint in meinen Träumen selbstverständlich immer die Sonne auf den hellen Dielenboden, außer nachts.

Ich schrecke hoch. In der Tür steht Anja. Sie ist etwas zerknautscht, hat wohl schon fest geschlafen, und sieht mich beunruhigt an.

„Was ist los, Hippokrates? Wo kommst du denn her, so spät? Und wie du aussiehst!“

„Setz dich zu mir. Bitte.“

Meine Stimme ist rau, ich habe lange nicht gesprochen, und mein Hals ist trocken, trotz des Cognacs. Zögernd kommt sie näher. Sie trägt eines ihrer neckisch kurzen und schweinisch teuren Seidennachthemdchen, ist barfuß und sieht immer noch, auch mit fast vierzig, süß aus. Ein zierliches, temperamentvolles Persönchen mit kurz geschnittener pechschwarzer Wuschelfrisur und einem Stupsnäschen, dem nur noch ein paar Sommersprossen fehlen. Vorsichtig, das ganze Gesicht ein einziges Fragezeichen, tapst sie zu mir herüber und setzt sich auf die gegenüberstehende Couch. Sie zieht die Beine hoch, schlingt die Arme um die Unterschenkel, legt das Kinn auf die Knie, ihr ist kalt. Obwohl sie einen Slip trägt, bietet sie in dieser Haltung einen Anblick, der so ziemlich jeden Mann dieser Welt außer mir in funkensprühende Raserei versetzen würde.

Sie starrt mich aus ihren dunkelgrünen Augen erwartungsvoll an. Sie spürt, dass etwas nicht stimmt. „Was ist?“

Ich hole Luft, mache sinnlose Gesten, schüttle den Kopf. Wie soll ich anfangen? Wie kann man so etwas erzählen?

Plötzlich geht es ganz einfach: Sie gibt den Anstoß, versucht zu scherzen. „Ah, ich weiß: Ich wette, du hast jemanden umgebracht!“

Ihr Lachen klingt so lustig, wie wenn jemand ein Tablett voll teurer Gläser fallen lässt.

„Ja“, sage ich heiser.

Sie reagiert vollkommen anders, als ich erwartet habe. Sie ist ganz still, öffnet ein paar Mal den Mund um etwas zu sagen, schließt ihn jedes Mal wieder. Ich höre ihre lautlosen Fragen: ‘Du machst Witze, ja?’ –‘Wen?’ – ‘Aber warum denn, um Gottes willen?’ – ‘Wie konntest du nur?’ Jetzt müsste als Nächstes kommen: ‘Wie konntest du mir das antun?’, und anschließend ein Weinkrampf.

Stattdessen sagt sie fast unhörbar leise: „Erzähle!“

„Eine … eine Frau. Du kennst sie nicht … Ich kenne sie eigentlich auch nicht … Und … Ich habe dich betrogen mit ihr und …“

Sie schlägt die Hände vor den Mund, starrt, ist aber weiterhin ganz still.

Es läuft tatsächlich völlig anders ab, als ich erwartet habe. Sie dreht überhaupt nicht durch, sondern hört mir zu, fragt manchmal nach, selten, ist in einem Grade aufmerksam, wie ich es noch nie an ihr erlebt habe. Und die ganze Zeit über ist sie vollkommen gefasst, in einem Maße beherrscht, dass ich mich endlich ganz fallen lasse, mir alles von der Seele rede und schließlich heule wie ein Schuljunge, der die gläserne Tür zur Turnhalle zerschlagen hat und sich so lange nicht getraut hat, es zuzugeben.

Keine Rede von Scheidung, kein Wort über meinen Seitensprung. Dieser Punkt scheint sie gar nicht zu interessieren, darüber geht sie kommentarlos hinweg. Und sie hat natürlich Recht, das ist unser kleinstes Problem im Augenblick. Später wird es vermutlich noch irgendwann zur Sprache kommen.

Am Ende, da ist es schon halb drei, macht Anja einen vernünftigen Vorschlag: Wir müssen so tun, als würde alles einfach weitergehen wie immer. Sie findet gut, was ich getan habe: nach dem Mord, den sie von Anfang an richtigerweise Totschlag nennt, einen Einbruch vorzutäuschen. Und jetzt müssen wir tun, als wäre alles in Ordnung. Sonst haben wir keine Chance.

Und es ist wahr, sie sagt vom ersten Moment an und immer wieder: „wir". Und allmählich erkenne ich: Sie hält zu mir. Dann fragt sie noch nach ein paar Details wegen des Einbruchs. Und sie verliert keinen Augenblick die Nerven und macht mir nicht die geringsten Vorwürfe.

Ich kenne meine eigene Frau nicht mehr. Aber, was Wunder, ich kenne mich ja selbst nicht mehr.

Später stellt sie fest, dass ich doch ein paar Schrammen habe, die mir Katharina im Kampf zugefügt haben muss. An den Händen, an den Armen und eine am Hals. Sie verarztet sie, soweit nötig, ein bisschen Jod, ein paar Pflaster, mehr ist es nicht. Wenn ich wie üblich langärmlige Hemden trage, wird niemand etwas davon bemerken.

So werde ich also morgen früh in die Praxis fahren, so tun, als wäre nichts geschehen und, falls man mich fragen sollte, alles, alles, alles abstreiten. Wir haben beschlossen: Ich bin bei Katharina gewesen, das lässt sich nicht leugnen. Aber ich habe nur kurz mit ihr gesprochen, versucht, sie wieder zu verführen, sie wollte aber nicht, und so bin ich dann gleich wieder abgezogen. Soll mir jemand das Gegenteil beweisen.

Ich schlafe überraschend schnell ein in dieser Nacht.

8

Am nächsten Morgen nötigt Anja mir ein Frühstück auf. Über die vergangene Nacht fällt kein Wort. Wir sprechen ohnehin fast nichts, aber ihre Anwesenheit und Fürsorge hilft mir sehr. In die Stadt fahre ich natürlich nicht die Strecke, die ich in der Nacht gefahren bin, sondern ganz automatisch die Ost-Route über die Theodor-Heuss-Brücke, die ich sonst wegen der Staugefahr am Bismarckplatz meide.

Unterwegs betrachte ich die Umgebung, als sähe ich sie zum ersten Mal. Wie selbstverständlich scheint die Sonne, obwohl der Himmel nicht mehr so klar ist wie in den letzten Tagen. Wieder ist es schon am Morgen zu warm. Überraschend viele Menschen sind um diese Zeit bereits unterwegs, stehen müde und allein vom Aufstehen schon erschöpft an den Haltestellen. Verspätete Schulkinder kreuzen meinen Weg, so schnell ihr schweres Gepäck es erlaubt. Die Ampeln scheinen heute Mitleid mit mir zu haben. Fast überall habe ich Grün.

Es herrscht wenig Verkehr, viele sind wohl schon in Urlaub. Als ich Neuenheim hinter mir lasse und den Neckar überquere, glitzert und gleißt das Wasser, als wüsste es nicht wohin mit seiner Lebensfreude. Das Schloss liegt über der Stadt und sieht dem Treiben teilnahmslos zu. Es ist zu alt, um noch irgendwelche Gefühle zu empfinden. Selbst am Bismarckplatz muss ich nur einmal kurz an einer roten Ampel halten, um eine dieser vorsintflutlichen Straßenbahnen vorbeizulassen, die auf ihrem Weg in die Stadt quietschend den Verkehr behindert. In der Rohrbachstraße beginnt das Altbauviertel der Weststadt. Mein Puls beschleunigt sich, je mehr ich mich der Praxis nähere. Bei Winnies Apotheke an der Ecke zur Dantestraße bekomme ich Atemnot, mehr tot als lebendig komme ich fünf vor acht in der Häusserstraße an und parke den Jaguar auf dem reservierten Parkplatz hinter dem Haus.

Ich versuche mich zu beruhigen. Ich muss mich zusammennehmen. Ich muss so tun, als sei alles in Ordnung, das sage ich mir wieder und wieder, während ich die breiten Treppen mit dem üppig verschnörkelten Geländer hinaufsteige. Ich nehme mir vor, die Mädels genauso wie immer zu begrüßen, nicht zu leutselig, aber auch nicht zu abweisend. Und dann gleich die Polizei anzurufen. Der Einbruch lässt sich nun nicht mehr verheimlichen, da muss ich durch. Alles andere wird sich finden, irgendwie. Ich darf nur die Kontrolle nicht verlieren. Keine Sekunde darf ich vergessen, meine Rolle zu spielen. Es wird klappen. Es muss einfach klappen. Anja hat ja so Recht. Wie gut, dass ich sie habe. Was für ein Glück, dass sie für mich den Kopf behalten, dass sie an meiner Stelle gedacht hat in den letzten Stunden.

So versuche ich ein halbwegs optimistisches Lächeln in mein Gesicht zu zwingen, öffne mit Schwung die Praxistür, und alles kommt wieder einmal vollkommen anders. Die Mädchen stehen totenblass und schweigend im Raum, starren mir entgegen, und um sie herum sieht es aus wie … Ich weiß nicht … In der Hölle, wenn man sie in eine Arztpraxis verlegt. Alles Mögliche liegt am Boden, die Bilder sind von den Wänden gerissen und zerschlagen. PC-Monitore liegen zertrümmert herum, jede Menge Papier überall. An der Wand hinter dem Tresen steht, offenbar mit einer Spraydose geschrieben, in riesengroßen, blutroten Buchstaben ein Wort. Das Wort. Mein Wort:

MÖRDER

Es hört nicht auf, nein, es hört einfach nicht auf. Ich sitze in dieser rasenden Bahn, und ungeheure Kräfte schlagen mich völlig unvorhersehbar von einer Ecke meines Wägelchens in die andere. Ich kann nur die Augen zukneifen, mich so gut es geht festkrallen, und warten. Warten, bis es irgendwann aufhört. Aber es hört ja nicht auf. Ich werde zweifellos wahnsinnig.

Dieses Mal gibt es kein Gekreische. Die Mädchen denken für mich, hängen ein provisorisches Schild an die Tür, ich weiß nicht, mit welcher Begründung. Bettina telefoniert schon mit der Polizei. Ich sitze auf einem Hocker an der Wand, habe keinen Schimmer, wie ich dort hingekommen bin, und fürchte, dass heute die Mädels zur Abwechslung mich zur Toilette schleppen müssen. In wenigen Minuten wird die Polizei da sein und dann …

Ja, was dann?

Sie kommen zu zweit. Ein Älterer, der ununterbrochen gähnt und ein Junger, der ständig Kaugummi kaut und sich für meine Sprechstundenhilfen sichtlich weit mehr interessiert als für den Fall. Ich sitze da wie ein Teil der Einrichtung. Alles läuft für mich ab wie eine Theateraufführung oder eher ein chinesisches Schattenspiel hinter einer weißen, durchsichtigen Wand. Ich sehe alles, aber es ist merkwürdig weit weg und vollkommen lautlos, obwohl ich doch die Stimmen höre und zum Teil sogar verstehe. Aber das geht mich alles nichts an, ich bin gar nicht da, ich bin tot. Entfernt bekomme ich mit, dass die Mädchen von dem Einbruch in der Nacht zuvor erzählen, und dass man sich ein wenig wundert.

Das Betäubungsmittelbuch wird gezeigt, das zum Glück auf Grund irgendeines Zufalls nicht im Schrank lag, wo es eigentlich hingehört. Spuren werden gesucht und gefunden. An mich werden schon nach kurzer Zeit keine Fragen mehr gerichtet. Stattdessen werde ich irgendwo hingelegt, anscheinend stehe ich unter Schock, mit mir ist nichts anzufangen.

*

Als ich wieder zu mir komme, ist eine knappe Stunde vergangen. Die Sonne scheint durch die großen Fenster an der Südseite. Natürlich scheint die Sonne. Monika sitzt neben mir und betrachtet mich sorgenvoll. Sonst ist es still. Nach

Bruchteilen von Sekunden weiß ich wieder alles, und schon nach kurzer Zeit fange ich an, mich zu wundern, dass ich nicht im Gefängnis bin, dass man mich hier so einfach in meiner Praxis liegen lässt, obwohl ich doch das Schlimmste getan habe, was ein Mensch tun kann.

„Wie geht's, Doc?"

Es ist so schön, wenn sich jemand um einen sorgt. Ich bekomme nur ein krächzendes Röcheln heraus. Sie holt mir etwas zu trinken, Wasser, ein großes Glas, und langsam wird mir besser. Aber als ich versuche, mich aufzurichten, merke ich, wie weit ich von meiner Normalform noch entfernt bin. Sofort wird mir wieder übel, alles dreht sich um mich.

„Wir haben Ihre Frau angerufen. Sie wird gleich kommen und Sie heimbringen", erklärt Monika mir mitfühlend und stützt mich, als ich das zweite Glas leere. Wie gut Wasser schmecken kann. Nichts ist wirklich schlimm, alles kommt immer wieder in Ordnung. Katastrophen gibt es nicht.

Später, als Anja schon da ist, erfahre ich, dass die Mädels in ihrer Verzweiflung schließlich Kemmler, den Frauenarzt, geholt haben. Er hat mich lustlos untersucht, schulterzuckend gemeint, man solle mir einen Schnaps einflößen oder eine runterhauen, und ansonsten Bettruhe verordnet. Er sei schließlich Gynäkologe und als solcher nicht zuständig für herzschwache Männer in der Midlife-Crisis. Wenn ich wieder zu mir kommen sollte, dann würde ich schon wissen, was zu tun sei. Immerhin sei ich ja hier im Hause der Spezialist für Fälle wie mich.

Anja ist kaum weniger zerschmettert als ich. Auf ihren Rat hin trinke ich noch ein drittes Glas Wasser. Langsam, sehr langsam wird mir besser.

Dann höre ich, dass der junge Polizist immer noch da ist. Er hat die ganze Zeit gewartet, um noch einmal mit mir zu sprechen. Und mit meinen Mädels zu flirten, natürlich. Den Kaugummi hat er immerhin aus dem Mund genommen. Er stellt mir ein paar einfache Fragen, und endlich sage ich die zwei einfachen Worte, die jeder Mensch lernt, sobald er die ersten

Schritte gehen und ein bisschen sprechen kann. Die Antwort auf die Frage, wer denn die Kerze hinuntergeworfen, die Vase umgestoßen, die ganzen Gummibärchen verputzt hat. Die Antwort auf die Frage, wie denn wohl dieses lange blonde Haar an den Mantel kommt, wieso die Akte, nach der man seit Tagen so verzweifelt sucht, ausgerechnet in diesem Schrank liegt, wo sie nun wirklich nicht hingehört: „Weiß nicht."

„Haben Sie irgendeinen Verdacht, Herr Doktor? Wer es gewesen sein könnte?"

„Weiß nicht."

„Ist Ihnen in letzter Zeit irgendwas aufgefallen? Hat sich jemand verdächtig benommen? Ein Patient vielleicht? Jemand, der sich falsch behandelt gefühlt hat oder so?"

„Weiß nicht. Nein."

„Hatten Sie mit jemandem Streit? Hat Ihnen jemand gedroht?"

„Nicht, dass ich wüsste."

Später, als er endlich weg ist, erfahre ich, dass die Polizisten noch wissen wollten, wer Schlüssel zur Praxis hat, wann zum letzten Mal die Schlösser ausgewechselt wurden und solche Dinge. Dann brauche ich nur noch nach Hause zu fahren und mich ins Bett zu legen. Alle kommen mit, als ich mich mit weichen Knien die Treppe hinunterhangle. Ich fühle mich wie ein uralter Mann, als sie mich in Anjas roten Alfa bugsieren und sorgfältig anschnallen.

Auf der Heimfahrt erzählt Anja mir, immer wieder von sorgenvollen Seitenblicken unterbrochen, dass mein Mord schon im Radio gemeldet worden sei, man aber bisher tatsächlich von einem überraschten Einbrecher als Täter ausgehe. Die junge Nachbarin hat offenbar wirklich sofort die Polizei gerufen, ich bin gerade noch rechtzeitig geflohen. Ein Jaguar wird nicht erwähnt, auch kein teuer gekleideter Mann Mitte vierzig, der sich stundenlang in der Nähe des Hauses herumgedrückt und ausgiebig verdächtig gemacht hat. Noch gibt es unerklärlicherweise eine Spur von Hoffnung, aber es fällt mir schwer, Anjas verhaltenen Optimismus zu teilen.

Behördenmühlen mahlen langsam, aber nach meiner Erfahrung überaus gründlich.

Und während der Fahrt wird mir klar, dass mich die bewussten zwei einfachen kleinen Worte vor der Vernichtung hätten retten können, wenn ich sie vierundzwanzig Stunden früher gesagt hätte.

'Wie kommen die Täter wohl in den Besitz der Schlüssel, Herr Doktor?'

'Weiß nicht. Keine Ahnung. Von mir haben sie sie jedenfalls nicht.'

Das wäre alles gewesen. Mehr hätte es nicht gebraucht, um einen Mord und die Zerstörung meiner Existenz zu verhindern.

*

Inzwischen ist später Nachmittag. Natürlich habe ich mich nicht ins Bett gelegt, denn dort würde ich erst recht irrsinnig werden. Ich sitze auf der Terrasse, halb aufgerichtet in einem bequemen Liegestuhl, mit einer leichten Decke über den Beinen, obwohl es warm ist, trinke von Anja selbst gemachten kalten Zitronentee und schaue auf die Stadt hinunter. Die Sonne hat sich hinter weiße Schleierwolken verzogen. Schwach riecht es nach Blumen. Ein paar mutlose Bienen schleppen sich von Blüte zu Blüte und scheinen nichts zu finden.

Anja rumort im Haus herum, keine Ahnung, was sie treibt, aber sie lässt mir meine Ruhe, und das ist die Hauptsache. Der Haushälterin hat sie für den Rest der Woche freigegeben, damit die mir nicht auf die Nerven geht, und ich bin ihr dankbar dafür. Der Gärtner kommt sowieso nur montags, zur Zeit gibt es nicht viel Arbeit für ihn. Ich brauche eine Weile, um herauszufinden, was heute für ein Tag ist. Mittwoch, ja. Am Montagnachmittag ist Katharina durch meine Tür gekommen, in der Nacht von Dienstag auf Mittwoch, auf heute also, habe ich sie getötet. Das ist alles schon so unvorstellbar lange her.

Zwei-, dreimal hat im Laufe des Nachmittags das Telefon geklingelt, wobei mich jedes Mal fast der Schlag traf. Anja hat immer abgenommen, aber es schien alles unwichtig zu sein. Obwohl ich ihre Stimme hier draußen deutlich hören kann, habe ich nicht darauf geachtet, mit wem sie sprach und worüber. Irgendwelche ihrer Bekannten vermutlich, die üblichen belanglosen Albernheiten, es ist mir gleichgültig. Mich interessiert im Augenblick nur die eine Frage: Was wird hier gespielt? Denn dass irgendjemand ein Spielchen mit mir spielt, ist offensichtlich. Katharina hat auf meine Frage, wer sie zu mir geschickt hat, schuldbewusst den Blick gesenkt und geantwortet: „Ich nicht sagen“. Demnach *hat* sie jemand zu mir geschickt. Sie ist nicht etwa durch Zufall oder aus eigenem Antrieb zu mir gekommen, sondern sie hatte einen Auftrag. Ich muss wissen, von wem. Ich muss wissen, wer dahinter steckt.

So viel ist mir inzwischen schon klar geworden: Es kann bei all dem nicht um den Inhalt meines Medikamentenschranks gehen. Wenn es so wäre, was hätten die Täter dann für ein Motiv, in der nächsten Nacht zurückzukehren und meine Praxis zu verwüsten? Es muss um etwas anderes gehen. Jemand ist mit großer Energie dabei, mein Leben zu zerstören. Der Medikamentenschrank war dabei nur der Anfang. Nein, das stimmt nicht. Der Anfang war Katharina. Sobald ich wieder flügge bin, muss ich Winni fragen. Bei ihm war sie zuerst. Wegen dieses Medikaments, das er nicht hatte. Vielleicht weiß er ja etwas.

Ein wenig fühle ich mich wie ein kleiner Plastikcowboy, der von einem wütenden Kind im Sandkasten herumgeschoben wird und dabei allerlei Abenteuer überstehen muss, auf deren Ausgang er nicht den geringsten Einfluss hat. Aber wer ist es, der mich herumschubst? Was bezweckt er damit? Was hat er davon?

Drinnen jodelt schon wieder das Telefon. Ich höre Anjas eilige Schritte, höre sie sprechen. Diesmal scheint es wichtig zu sein, ihre Stimme klingt plötzlich anders, nicht gerade aufgeregt, aber konzentriert, angespannt. Dann kommt sie im Laufschritt herausgerannt.

„Du wirst es nicht für möglich halten“, schreit sie fast, wirft einen sichernden Blick in die Nachbarschaft und fährt mit gedämpfter Stimme fort: „Der Einbruch war schon kurz nach elf letzte Nacht!“

Als ich sie nur sprachlos und vermutlich bodenlos dämlich anstarre, fährt sie fort:

„Die Polizei hat herausgefunden, dass Kemmler noch mal in seiner Praxis war, spät abends. Hatte wohl irgendwas vergessen. Da hat er oben Licht gesehen und was rumpeln gehört, nach elf sei das gewesen, sagt er. Er wollte schon hochgehen und fragen, was los ist. Wie er sich ausdrückte: ‘ob dir ein Stapel von deinen Goldbarren umgefallen ist’. Aber dann hat es wohl von alleine aufgehört. Später waren Schritte auf der Treppe, und als er ein paar Minuten später ging, war oben alles dunkel. Da war es höchstens viertel nach elf. Er ist ganz sicher.“

Jetzt verstehe ich überhaupt nichts mehr. Anja steht da mit weiten Augen und einem Tuch in den Händen, das sie knetet und knüllt, und erwartet eine Reaktion von mir. Aber mein Gehirn funktioniert nicht. Ich brauche Ewigkeiten, um die Tragweite des Gesagten zu begreifen.

Aber dann wird mir endlich klar: Letzte Nacht kurz nach elf habe ich im Wagen gesessen und auf Katharina gewartet. Um diese Zeit hat sie noch gelebt. Und da wusste noch nicht einmal ich selbst, dass ich bald zu ihrem Mörder werden sollte. Wer also konnte da schon wissen, was in Kürze geschehen würde? Wer konnte zu diesem Zeitpunkt schon dieses Wort an die Wand schreiben, das erst über eine halbe Stunde später zur Wahrheit werden würde?

Die einzige Möglichkeit ist, dass jemand alles eingefädelt hat, dass mein Mord, dass alles nach einem genauen Plan ablief. Aber nein, das geht ja nicht, so etwas kann kein Mensch einfädeln. Oder doch? Ich habe mal einen Film gesehen, *The Game* hieß er, glaube ich. Da haben sie einem armen Kerl so ähnlich mitgespielt wie mir. Sollte ich sie womöglich gar nicht getötet haben? Wird gleich eine johlende Menge hereinkommen, mir zu meiner Standfestigkeit gratulieren und erklären, dass alles nur Spaß war? Für eine kurze Sekunde schäumt die unbändige Hoffnung in mir auf: Hat man mich betäubt, alles arrangiert und mich später auf der toten Katharina aufwachen lassen?

Der Schaum fällt rasch in sich zusammen. Unsinn, so etwas gibt es nur im Film, und Hitchcock ist schon eine ganze Weile tot.

„Vielleicht sind sie später noch mal zurückgekommen und haben … es an die Wand geschrieben?“, frage ich zaghaft.

Aber ich kann nicht einmal selbst an meine Theorie glauben. Alles Unsinn. Alle um mich her sind verrückt geworden. Nein, vermutlich bin ich selbst verrückt geworden. Ist es nicht so, dass die meisten Bewohner unserer psychiatrischen Kliniken sich selbst für normal und alle anderen für krank halten? Alles ist gar nicht wahr. Ich träume mir was zusammen. In Kürze wird mich jemand wecken, ein Pfleger wird sich freundlich um mich kümmern. Vielleicht, wenn ich Glück habe, ist schönes Wetter, ich werde in meinem Rollstuhl an die frische Luft geschoben und darf Enten füttern. Das wird mir wie üblich großen Spaß machen, und ich werde schelmisch lachen, wenn ich eines der Tiere mit einer harten Brotkante am Kopf treffe.

Wir reden noch ein Weilchen, dann geht Anja hinein und ich starre wieder auf die Stadt hinunter. Irgendwo dort unten sitzt einer und hat schon ganz wunde Schenkel, weil er sich immerzu draufschlägt vor Lachen bei der Vorstellung, was für ein grenzenlos dummes Gesicht ich gerade mache.

Die Sicht ist jetzt, gegen Abend, sehr klar. Der Hitzedunst hat sich verzogen, und man kann bis Mannheim sehen. Sogar die Chemiefabriken in Ludwigshafen kann ich noch deutlich erkennen. Weit in der Ferne, über den Pfälzer Bergen, steht unbeweglich eine schwarze Wolkenwand. Kein Windhauch. Keine Abkühlung. Keine Linderung.

Anja verfolgt ständig die Radionachrichten. Hin und wieder kommt noch eine kurze Meldung von Katharinas Ermordung, einmal auch ein kleines Interview mit einem Sprecher der Staatsanwaltschaft, das schon am Morgen aufgezeichnet wurde. Mehr nicht. Aber das hat natürlich nichts zu bedeuten. Die Leute bei der Kripo sind ja nicht dumm. Dass nichts im Radio kommt, heißt nicht, dass sie nicht längst alles wissen. Inzwischen haben sich bestimmt schon Krögers und Penelope und ihr unfreundlicher Mann gemeldet und von meinem Auftauchen und meinen merkwürdigen Fragen berichtet. Vermutlich suchen sie nur noch in aller Gewissenhaftigkeit die letzten Beweise zusammen, damit es bei meiner Verhaftung keine Schwierigkeiten gibt. Es kann nur noch eine Frage von Stunden sein, bis sie kommen.

Jedes Mal, wenn ich draußen ein Auto höre, schrecke ich zusammen und denke, es ist aus.

*

Aber es geschieht nichts. Nicht an diesem Abend, nicht am nächsten Morgen. Die Praxis ist bis Ende der Woche geschlossen. Unsinn: Natürlich ist sie für immer geschlossen. Noch bevor ich ins Gefängnis komme, wird mir die Standesorganisation die Approbation entzogen haben.

Der Vormittag zieht sich wie Kaugummi. Obwohl die Sonne kaum noch zu sehen ist im Dunst, wird es heißer und heißer. Eine drückende Schwüle liegt auf der Stadt. Im Westen steht immer noch diese Wolkenwand, die sich nicht von der Stelle rührt. Nicht einmal die Bienen sind mehr unterwegs.

Nach einer halben Stunde ziehe ich es vor, mich drinnen aufzuhalten. Anja hat die Klimaanlage eingeschaltet. Ich stelle fest, wie zermürbend es sein kann, nichts zu tun zu haben und immerzu denken zu müssen. Inzwischen wird Katharinas Ermordung nicht einmal mehr im Radio gemeldet, was mich ein wenig erbittert. Der Zeitung war die Sache eine zwanzigzeilige Meldung wert. Die Warterei macht mich wahnsinnig. Ich bin nicht mehr weit davon entfernt, mich selbst zu stellen, als wieder einmal das Telefon klingelt. Ich weiß nicht, zum wievielten Mal an diesem Tag. Anja scheint unentwegt zu telefonieren. Es dauert lange. Viel länger als sonst. Zusammengesunken hocke ich im Wohnzimmer und erwarte mein Todesurteil.

Dieses Mal ist Anja totenblass, als sie hereinkommt. Sie bewegt sich unsicher, guckt mich ratlos an, setzt sich ungeschickt. Ich rechne mit dem Schlimmsten.

„Stell dir vor, Hippokrates, sie haben Fräulein Zierfuß verhaftet.“

„Wen?“

„Deine alte Sprechstundenhilfe.“

Wieder einmal kann ich nicht folgen. „Wieso?“

„Sie war es. Sie hat die Praxis verwüstet.“

Ich muss ein paar Mal schlucken. „Die alte Zierfuß?“

Anja nickt. „Sie haben den gesamten Inhalt deines Giftschranks unter ihrem Bett gefunden. Und eine Spraydose mit roter Farbe und alles andere. Es gibt keinen Zweifel. Sie behauptet, du seiest am Tod vom alten Wendland schuld. Du hättest ihn betrogen, damals bei der Praxisübernahme, und daran sei er dann schließlich gestorben. Und anschließend hättest du sie selbst hinausgeekelt. Damit sie nichts verraten kann.“

Erschöpft sieht sie mich an. Es ist offensichtlich, dass die letzten eineinhalb Tage auch ihre Kräfte strapaziert haben.

„Die alte Zierfuß?“, frage ich noch einmal.

„Außerdem hättest du sie vergiftet und krank gemacht, so dass auch sie bald sterben muss. Das scheint übrigens wahr zu sein, ich meine, dass sie sehr krank ist. Der Polizist hat gesagt, sie bringen sie jetzt erst mal in die Psychiatrie.“

Jetzt dämmert es mir. „Natürlich! Sie hat noch Schlüssel gehabt?“

Anja nickt müde.

„Dann hat sie auch diesen albernen Brief geschrieben?“

Sie sieht mich nur noch an.

„Und deshalb ist mir auch diese Handschrift so bekannt vorgekommen“, sage ich matt und falle zurück.

Ich habe ein Gefühl, als müsste ich mich an den Sessellehnen festhalten, um nicht an die Decke zu schweben: Katharina kann nichts dafür! Sie hatte nichts, aber auch gar nichts mit dem Einbruch zu tun! Es gibt kein Komplott und keine Komplizen! Aber nach wenigen Sekunden hat mich die Schwerkraft wieder und die Erkenntnis überfährt mich wie ein Achtunddreißigtonner: Ich habe sie völlig grundlos ermordet. Sie wollte nur mit mir schlafen, weiter nichts. Ich weiß weniger denn je, warum. Vielleicht hatte sie sich wirklich in mich verliebt. Ich kann mir zwar nicht vorstellen, dass sich jemand so mir nichts dir nichts ausgerechnet in mich verliebt, aber kann ja sein. Sie war wohl ziemlich einsam, und da ist man vielleicht auch als Frau nicht so wählerisch. Ich weiß so wenig von Frauen. Erst mit siebenundzwanzig habe ich zum Beispiel begriffen, dass sie nicht nur aus Mitleid mit uns schlafen.

Und ich, ihr neuer Geliebter, die kleine Hoffnung in ihrer großen Einsamkeit, ich habe sie umgebracht.

Im Grunde ist jetzt alles noch viel schlimmer als zuvor. Ich brauche mich nicht mehr an den Sessellehnen festzuhalten, die Erleichterung ist verflogen. Und ich blicke nun endgültig nicht mehr durch. Ich werde gleich das Einzige tun, was jetzt noch hilft: Ich werde mich betrinken.

Anja hingegen ist sichtlich erleichtert. „Jetzt hast du es fast geschafft, Hippokrates! Ich wette mit dir, nun wird alles gut!"

Sie meint das ernst. Sie wettet wirklich mit jedem über alles. Wenn ich darauf eingehen würde, dann würde sie zwei Kisten Champagner darauf setzen, dass ich in einer Woche noch frei bin. Ich halte schon lange nicht mehr dagegen, weil ich immer verliere. Sie sitzt mir gegenüber und strahlt mich an. Nicht lange, mein Gesichtsausdruck scheint sie zu irritieren.

„Es ist doch wirklich eine gute Nachricht? Findest du nicht?"

Ich nicke benommen. Sie wird wohl Recht haben. Bestimmt hat sie zur Zeit mehr Überblick als ich.

Sie lacht ihr teures Glasscherbenlachen. „Junge, was bin ich erleichtert! Was für ein Stress, nicht wahr?" Und dann fügt sie noch etwas hinzu, was sie nicht hätte sagen sollen: „Bernhard, du wirst sehen, ein paar Tage noch, und dann geben sie auch die Suche nach dem Mörder dieser griechischen Schlampe auf. Wer interessiert sich schon für so was, eine Illegale, eine Putzfrau? Deshalb werden sie doch wohl keinen großen Aufwand treiben?“

Wie eine eiskalte Nadel fährt das Wort ‘Schlampe’ in meinen Unterleib.

In dieser Sekunde wird mir bewusst, dass ich Anja hasse. Dass ich sie vermutlich schon seit Ewigkeiten hasse. Ihr ständiges unechtes Gelache an den falschen Stellen, ihr zimperliches Getue, ihre Eitelkeit, ihre kleinen Gehässigkeiten, die sie schon aus Gewohnheit, ich glaube, ohne es überhaupt noch zu merken, unentwegt in alle Richtungen austeilt. Welches Recht hat sie, verdammt noch mal, so von Katharina zu sprechen?

Wie, zur Hölle, kann dieses Luxusweib sich erlauben, meine Katharina eine Schlampe zu nennen?

Im Laufe des Abends betrinke ich mich wirklich und versinke in finsterem Brüten. Anja sieht gut gelaunt fern, und ich rekapituliere die letzten Jahre. Ich versuche herauszufinden, seit wann ich sie hasse, aber es gelingt mir nicht. Ihre Zickigkeit ist mir schon früher hin und wieder auf die Nerven gegangen, aber das ist es nicht. Zwischendurch gab es immer wieder Zeiten, in denen ich sie geliebt habe, unwiderstehlich fand, attraktiv, sexy. Man kann an einem Menschen nun mal nicht alles mögen. Ich habe bestimmt auch meine Macken, die sie wegstecken muss. Die Summe muss positiv sein, dann ist es okay.

Vielleicht ist es, seit wir in diesen sogenannten besseren Kreisen verkehren, zu diesen nervtötenden Partys gehen, zu all diesen Leuten, die ich nicht kenne und auch nicht kennen will? Ja, ich hasse Anja, wenn sie in einem Pulk von unauffällig teuer gekleideten, so ekelerregend rücksichtsvollen Menschen steht und herumalbert, gickelt, lacht, jeden und jede anstrahlt, Küsschen hier, Küsschen da, noch ein Gläschen gefällig? Auch für den guten Bernhard? Der heute wieder mal so schweigsam ist?

Ich hasse sie nicht weniger, wenn sie anschließend auf der Heimfahrt über dieselben Menschen herzieht, sich über die lustig macht, mit denen sie eben noch so vertraut war. Von jedem weiß sie irgendeine Gemeinheit zu berichten, von einem Ehebruch, einem geglückten Versicherungsbetrug, drogenabhängigen Söhnen oder magersüchtigen Töchtern. Oder ist vielleicht alles doch nur Einbildung? Sehe ich alles zu negativ? Meine Nerven sind überreizt. Ich bin nur sehr bedingt zurechnungsfähig zur Zeit.

*

Es ist Freitagmorgen, sechsundfünfzig Stunden nach meinem Mord, und noch immer haben sie mich nicht geholt. Die Zeit schleicht dahin, scheint demnächst leise knirschend zum Stillstand kommen zu wollen, und nichts geschieht, und ich begreife nicht, weshalb. Gut, die Krögers haben vermutlich Angst, mit dem Finanzamt oder sonst wem Schwierigkeiten zu bekommen, wenn bekannt wird, dass sie Katharina illegal beschäftigt haben. Sie sind Beamte und haben eine Menge zu verlieren. Aber Katharinas Cousin? Und seine Frau, Penelope? Was sollten die für Gründe haben zu schweigen? Ich kann mir beim besten Willen keinen ausdenken, beginne aber unendlich langsam, wieder Hoffnung zu fassen.

Ein erster Hauch meiner alten Energie kehrt zurück. Auf einmal kann ich nicht mehr stundenlang still sitzen. Immer häufiger springe ich auf, um irgendwas zu tun, irgendeine Kleinigkeit zu erledigen. Schließlich komme ich auf eine naheliegende Idee: Es wird Zeit, dass ich mich um die Praxis kümmere. Anja hatte Recht, als sie schon in der ersten Nacht sagte, ich müsse mein normales Leben weiterleben. Ich müsse einfach so tun, als wäre alles in bester Ordnung. Ich kann nicht hier sitzen und warten, bis ich am Ende wirklich noch den Verstand verliere.

Also rufe ich bei Bettina zu Hause an und erfahre zu meiner Überraschung, dass sie in der Praxis ist. Ich rufe in der Praxis an und höre, dass die Mädels den Laden schon aufgeräumt haben. Sie haben den ganzen Papierkram einsortiert, jemanden von der Computerfirma kommen lassen, spätestens am Nachmittag werden alle PCs wieder laufen. Der Giftschrank ist wieder hübsch gefüllt, nichts fehlt, und im Augenblick sind sie dabei, die beschmierte Wand zu übermalen.

Ich könnte jede einzelne von ihnen abküssen. Noch am Telefon beschließen wir, am Montag wieder aufzumachen. Plötzlich freue ich mich darauf. Es wird mir gut tun, ich muss hier raus, das Wochenende zu überstehen, wird schwer genug werden. Diese tatenlose Herumsitzerei macht mich müde und unausstehlich. Ich fange an, mir selbst auf die Nerven zu fallen.

Und ich kann Anja nicht mehr ertragen.

Im Grunde hatte ich erwartet, dass mein Hass gegen sie sich mit der Zeit legen würde, aber es hat nicht funktioniert. Statt dessen studiere ich sie wie ein Verhaltensforscher eine plötzlich aggressiv gewordene Graugans, registriere aufmerksam jede unpassende Bemerkung, jedes falsche Wort von ihr, und sie lässt sich nicht lumpen. Die letzten zwei Tage war sie etwas ruhiger als sonst, aber jetzt plappert sie wieder ununterbrochen vor sich hin, ohne zu überlegen, ich glaube, ohne auch nur Notiz davon zu nehmen, ob ich ihr zuhöre oder nicht. Sie erzählt mir Unbedeutendes von diesem und jenem unserer gemeinsamen Bekannten, wer wen wann mit wem betrogen hat, wer sich wieder einmal scheiden lassen will, wer Alkohol-, Geld- oder sonstige Probleme hat, Neuigkeiten von ihren verzogenen Gören und betrügerischen Geschäften. Nichts als Bosheiten, Schadenfreude, Verachtung.

Natürlich kann ich diese Menschen alle auch nicht leiden. Aber ich benehme mich auch danach, wenn ich sie treffe. Ich küsse niemanden, der mir nicht wenigstens sympathisch ist. Ich fange nicht an, begeistert zu jauchzen, wenn er mir über den Weg läuft. Und es gibt nur wenige in dieser Bande, die ich mag. Winni mit seinen roten Haaren zum Beispiel, weil er nicht eingebildet ist und niemals angibt. Der hat es nicht nötig, sich wichtig zu machen und gebildet zu tun. Winni zieht sein Selbstbewusstsein aus anderen Eigenschaften. Aus seinem notorischen Erfolg bei Frauen zum Beispiel.

Aber Anja ist genau wie die anderen. Ich verstehe nicht, weshalb ich es früher nicht bemerkt habe. Ein Mensch kann sich doch in wenigen Jahren nicht so verändern? Oder liegt es etwa an mir? Bin ich es, der sich verändert hat? Wenn sie endlich einmal für ein paar Minuten den Mund hält, dann fällt mir mit tödlicher Sicherheit ein, wie sie Katharina eine Schlampe nannte, und meine Wut wird noch größer als zuvor. Immer öfter ziehe ich mich mit den fadenscheinigsten Begründungen in mein Arbeitszimmer zurück, um sie nicht in meiner Nähe haben zu müssen.

Zu Mittag gibt es irgendeinen Fisch à la Provençale. Anja hat vor Jahren ihre Leidenschaft für die südfranzösische Küche entdeckt. Wenn ich mich richtig erinnere, war es während eines einwöchigen Urlaubs mit ihrem Surfclub. Ich ertappe mich bei der Vorstellung, sie wäre tot. Oder ich würde ihr die Gabel in den Hals rammen. Es ist so einfach, einen Menschen zu töten. Wir sprechen über das Wetter. Der Fisch schmeckt vermutlich hervorragend.

Später fährt sie endlich weg, um fürs Wochenende einzukaufen.

Jedes Mal, wenn ich an Katharina denke, platzt etwas Heißes in meiner Brust. Es ist nicht nur der Schreck der Erinnerung an das, was ich getan habe. Da ist noch etwas anderes: Es gibt für mich inzwischen keinen Zweifel mehr daran, dass ich mich, so albern es klingen mag, in sie verliebt habe. Ich kann es drehen und wenden, wie ich will. Ich weiß nicht, warum sie tat, was sie tat. Ich weiß nicht, was sie dabei empfand, was sie dachte. Niemals werde ich verstehen können, was in ihr vorging. Eines allerdings weiß ich: Die Wahrscheinlichkeit ist sehr, sehr klein, dass ich noch einmal eine solche Stunde erleben darf wie die, als ich mit ihr zusammen war.

Ich habe keinen Schimmer, wie ich jemals mit all dem fertig werden soll. Vielleicht wird es mit der Zeit von selbst aufhören, oder wenn ich endlich verhaftet werde. In jedem Fall werde ich lange brauchen, um darüber hinwegzukommen.

Am Nachmittag mache ich, vor allem um Anjas Anwesenheit zu entfliehen, eine langen Spaziergang rund um den Heiligenberg. Früher bin ich gerne spazieren gegangen, habe stundenlang Landschaften, Pflanzen und Vögel betrachtet und hing meinen Gedanken nach. Heute denkt nichts in meinem Kopf. Während mein Gehirn in den letzten Tagen nicht aufhören konnte, Möglichkeiten zu erwägen, Vergangenes zu rekapitulieren, ist es jetzt in teigiger Passivität erstarrt. Ich renne durch den Wald, sehe nicht links und nicht rechts, habe keinen Blick für die Aussicht auf diese Stadt, die zu sehen Jahr für Jahr Tausende von Menschen den Erdball umfliegen. Und wie eine bösartige fette Henne brütet mein Gehirn ein riesiges, eklig schleimiges Ei aus. Was dabei herauskommt, ist Hass. Hass auf Anja.

Abends hängen wir wieder herum und schweigen uns an. Sie versucht einige Male, mich aus der Reserve zu locken, hat aber keinen Erfolg. So lässt sie es bald bleiben und sieht sich häufig kichernd einen anscheinend lustigen amerikanischen Film an. Ab und zu lacht sie, dass ihr die Tränen in die Augen schießen. Unter meiner Schweigsamkeit scheint sie keine Sekunde zu leiden, und ich glaube, inzwischen ist ihr schon wieder reichlich gleichgültig, wie es mir geht.

In mir bohrt der Gedanke, dass eigentlich sie an allem schuld ist. Wenn Anja nicht so wäre, wie sie ist, dann wäre ich niemals auf den Gedanken gekommen, mich mit einer anderen Frau einzulassen. Offenbar herrschte in mir ja ein regelrechter sexueller Notstand, ein dramatischer Mangel an Zuneigung, von Liebe gar nicht zu reden, und deshalb, nur deshalb habe ich es getan.

Als der Flimmerkasten endlich aus ist, raffe ich mich auf und erzähle von unserem Plan, am Montag die Praxis wieder zu eröffnen, vom bewundernswerten Einsatz meiner Mädels.

Aber das hat sie offenbar am Morgen schon mitbekommen. Fröhlich sagt sie „Schön!“ und „Prima!“ und gibt sich nicht die geringste Mühe zu verbergen, dass ihr das alles von Herzen gleichgültig ist.

Ja, sie ist es. Sie ist schuld. An allem.

Das Wochenende ist grauenhaft, aber irgendwie kommen wir durch, ohne dass ich ihr die Augen auskratze oder die Zähne einschlage. Wir speisen Französisch, sprechen kaum, und ich verstecke mich die meiste Zeit in meinem Arbeitszimmer. Die Stereoanlage, die ich kaufen will, fällt mir wieder ein. Nächste Woche werde ich sie besorgen. Ich beschließe: Wenn ich am Mittwoch, eine Woche nach meinem Mord, noch immer frei herumlaufen sollte, dann ist es geschafft, dann werde ich sie mir gönnen. Von diesem Tag an wird es in meinem Zimmer Musik geben. Endlich wieder ein Grund, sich auf etwas zu freuen.

9

Der Montag läuft besser als erwartet. Noch immer sind keine Gitter vor meinen Fenstern. Es ist unerklärlich, aber es soll mir recht sein. Und es ist schön, dass ich wieder meine Arbeit habe. Es tut mir gut, dass man wieder etwas von mir will. So rolle ich auf meinen gewohnten Schienen, Arbeitsgleisen, keine Achterbahn mehr, muss nichts entscheiden, alles läuft von selbst. Die Praxis sieht aus wie immer, als wäre es nie anders gewesen. Nur der Geruch nach frischer Farbe erinnert daran, dass es hier letzte Woche nicht so friedlich war.

Meine Mädchen habe ich angewiesen, alles, was keinen Termin hat, gleich wieder nach Hause zu schicken. So habe ich zwischendurch immer wieder Pausen, die ich zum Nachdenken nutze. Hier klappt es deutlich besser als zu Hause, und die meiste Zeit denke ich an Katharina. Ich habe mich wirklich in sie verliebt. Es klingt so abgrundtief dumm, aber es ist so, und ich kann nichts dagegen tun.

Manchmal, wenn ich aus dem Fenster starre, erschrecke ich, wenn ich unten auf der Straße eine Frau sehe, die ihr entfernt ähnlich sieht, obwohl doch niemand besser weiß als ich, dass sie es nicht sein kann. Immer wieder, wenn die Tür sich öffnet, hoffe ich für Sekundenbruchteile, dass sie es ist, die hereinkommt, mit ihren korrekten Schritten und schmalen Bewegungen, so als dürfte man auf dieser Welt nicht viel Platz beanspruchen. Dass sie wieder ihre Bluse auszieht und ihren BH und mir später ein Zettelchen mit irgendeiner Adresse in die Hand drückt. Das alles ist so vollkommen unsinnig, lässt sich mit Körperchemie und Fortpflanzungstrieb nicht erklären, all meine Theorien über Liebe und zwischenmenschliche Beziehungen liegen als erbärmliches Häufchen Scherben im Dreck, und ich stehe meinen Gefühlen hilflos gegenüber.

Nein, ich kann nichts dagegen tun. Ich lasse es geschehen. Es ist unendlich viel stärker als ich.

Irgendwann beginne ich zu wünschen, ich hätte wenigstens ein Andenken an sie. Irgendwas, das ihr gehört hat, was sie in der Hand gehalten, bei sich getragen hat. Das ich ansehen und berühren könnte. Erst am späten Nachmittag fällt mir ein: Natürlich habe ich Andenken an sie, denn ich habe sie ja bestohlen. Ich erinnere mich, wie ich ihr Portemonnaie und ein paar andere Dinge mitgenommen habe.

Aber wo mögen die sein? Ich werde sie suchen, heute Abend, nachher. Irgendwo zu Hause müssen sie ja sein. Vielleicht in der Jacketttasche. Wir werden sehen. Ich freue mich darauf, bin plötzlich wieder aufgeregt.

*

Endlich ist Abend, ich bin zu Hause und zum Glück allein. Anja ist unterwegs, Volkshochschule, Tennis, was weiß ich. Und wieder haben mich keine unauffälligen Männer in Zivil vor der Haustür erwartet.

Es dauert eine Dreiviertelstunde, bis ich Katharinas Sachen endlich finde. Jackett, Hemd, Hose, die Schuhe, alles, was ich in jener Nacht trug, hat Anja vernichtet. Ich erinnere mich schließlich daran, wie sie es mir gesagt hat. Wegen eventueller Spuren. Das war sicherlich sehr vernünftig von ihr. Einen Mantel hatte ich nicht dabei, da bin ich sicher. Endlich, nach langem Suchen im Schlafzimmer, im Arbeitszimmer, sogar in den Sofaritzen, finde ich meine Diebesbeute im Handschuhfach des Jaguar. In temporärer Debilität hineingestopft und sofort vergessen. Die Polizisten hätten sich in kompletter Mannschaftsstärke totgelacht, wenn sie den Kram gefunden hätten.

Erst in meinem Arbeitszimmer und nachdem ich die Tür sorgfältig verschlossen habe, wage ich die Sachen zu betrachten. Das Portemonnaie ist ein billiges blaues Ding aus Kunstleder mit einem zerknitterten, uralten Familienfoto darin, einer Straßenbahnfahrkarte, ein paar kleinen Notizzettelchen, wie ich selbst schon einmal einen erhalten habe von ihr, und etwas über fünfzehn Euro. Die Zettelchen sind alle in ihrer griechischen Schrift beschrieben, die ich nicht lesen kann. Irgendwann werde ich versuchen herauszufinden, was da geschrieben steht. Gleichgültig, was es ist, es wird mir wichtig sein, wird mir wie eine Nachricht von ihr vorkommen. Selbst wenn da nur 'eine Tüte Milch und sechs Eier' steht, werde ich keinen dieser Zettel jemals wegwerfen können. Dies alles werde ich sorgfältig aufbewahren, selbst auf die Gefahr hin, dass es mich am Ende ins Gefängnis bringt.

Daneben habe ich noch ein bisschen Schmuck: die goldenen Ohrringe, die sie bei unserem ersten Treffen trug. Nach dem ersten Augenschein sogar echt, Erbstücke vielleicht. Dann ein dünner Fingerring mit einem kleinen roten Stein, einem Granat, wenn ich mich nicht irre. Und schließlich ist da noch das Notizbüchlein, ein Werbegeschenk eines Fachgeschäfts für Sanitärbedarf. Darin stehen, alphabetisch geordnet, die Anschriften und Telefonnummern der wenigen Menschen, die sie hier in der Stadt kannte. Die Namen kann ich wieder nicht lesen, dafür aber die Nummern. Ein paar davon glaube ich zu kennen, und dann gelingt es mir meist auch irgendwie, den dazugehörigen Namen zu entziffern. Meine Hände sind feucht und wollen nicht aufhören zu zittern. Mein Herz klopft wie damals, als ich zum ersten Mal einen Kunstband voller mehr oder weniger entblößter Frauen durchblätterte, den ich in den oberen Fächern des Bücherschranks meines Vaters gefunden hatte.

Da stehen natürlich Penelope und die Krögers, daneben ein paar andere Nummern, die mir nichts sagen, und dann, unter 'S', und erst nach vielen Sekunden begreife ich, was das zu bedeuten hat: Winfried Schmerbeck.

Ich höre noch seine Worte am Telefon: 'Ich hab hier eine Frau im Laden stehen, eine Ausländerin …' Er sagte nicht: 'Ich habe hier eine Bekannte …', nein, 'eine Frau'. Also hat er sie nicht gekannt. Wie kommt es dann aber, dass Katharina ihn gekannt hat? Warum hatte sie ihn in ihrem Büchlein stehen? Hat sie etwa alles absichtlich so eingefädelt, dass er sie zu mir schickte? Jetzt fällt mir auch ihr Zettel wieder ein. Hatte sie ihn deshalb fix und fertig in der Tasche, weil sie alles von vorneherein so geplant hatte, wie es dann abgelaufen ist?

Nein. Das ist undenkbar. Und dennoch gibt es keine andere Erklärung. Sie *hatte* diesen Zettel, und er *war* fertig beschrieben. Sie muss also gewusst haben, wie alles kommen würde. Ich werde Winni fragen, vielleicht hat er eine Idee. Ich wollte ja ohnehin mit ihm sprechen, mir seine Version der Geschichte anhören. Schon habe ich das Telefon in der Hand, beschließe dann aber: Lieber morgen. Ich will seine Augen sehen, bei diesem Gespräch. Seine Apotheke liegt ja ganz in der Nähe meiner Praxis, gleich um die Ecke. Im Laufe des Tages werde ich kurz hinübergehen und ihn zur Rede stellen. Und bestimmt wird wieder alles ganz einfach sein, und er kann mir alles erklären.

Ich lege das Telefon wieder hin. Erst muss ich auch sehr genau überlegen, was ich sagen will, damit ich mich nicht verplappere. Schließlich geht es bei diesem Thema um meinen Hals. Schon aus diesem Grunde ist es gut, noch einmal darüber zu schlafen. Ich bin zu verwirrt, ich muss mich beruhigen. Garantiert wird es am Ende wieder eine völlig banale Erklärung geben für alles. Meine Nerven sind überreizt, ich sehe Gespenster, ich mache alles komplizierter, als es sein kann.

*

Am Dienstag wird es halb eins, bis ich endlich Zeit finde, rasch in die Dante-Apotheke hinüberzulaufen. Es sind nicht einmal zweihundert Meter. Der gelbe Lamborghini steht im Schatten der großen Platane an der Ecke. Selbstverständlich besitzt Winni die schönste Apotheke der ganzen Stadt. Menschen mit Geld können sich guten Geschmack eben leisten.

Viel altes Holz, allerhand antiquarische Gerätschaften dekorativ aufgestellt und dezent beleuchtet. Allein der Gong, der ertönt, wenn man den Laden betritt, ist ein Erlebnis. Alles Moderne ist so versteckt, dass man es frühestens beim zweiten Blick bemerkt. Eine seiner natürlich allesamt bildhübschen Assistentinnen erklärt mir strahlend lächelnd, er sei hinten im Labor. Sie behandelt mich, als hätte sie auf mein Erscheinen gewartet, seit sie denken kann, obwohl sie mich zum ersten Mal in ihrem Leben sieht. Leutselig plappernd führt sie mich zu ihm.

Winni ist sichtlich überrascht und eine Sekunde später erfreut, mich zu sehen. Er war dabei, eine gelbliche Salbe zuzubereiten. Es sieht fast rührend aus, wie er da steht mit seinem Mörserchen. Wozu macht er das noch? Das hat er doch weiß Gott nicht nötig. Warum hat der den Laden nicht längst verkauft und sich in seine Villa in der Toscana zurückgezogen? Aber ich weiß es ja nur zu gut: Ebenso wie ich würde er es einfach nicht aushalten, sich dem Nichtstun hinzugeben und von den Zinsen zu leben.

An einem weißen Tuch wischt er sich die Hände ab, ohne den besorgten Blick von meinem Gesicht zu wenden. Er ist offenbar sehr gespannt auf das, was jetzt gleich kommt. Der Begrüßungswitz, den er schon auf den Lippen hatte, verschwindet wieder in den Tiefen seiner unerschöpflichen Sprüchesammlung. In der ersten Sekunde hat er begriffen, dass es wichtig ist, dass dies kein Zeitpunkt für Späße ist. Das ist es, was ihn auf so angenehme Weise vom Rest der Bande unterscheidet.

Ich warte, bis die strahlende Blonde weg und die Tür zu ist.

„Winni, ich muss mit dir reden. Hast du fünf Minuten Zeit für mich?“

Ich lehne mich an einen Labortisch, nachdem ich mich davon überzeugt habe, mir dabei kein Loch in die Hose zu ätzen. Eine alte Gewohnheit aus dem Studium. Dies hier ist zwar kein Chemielabor, aber man kann ja nie wissen.

Er sieht mich an und wartet. Aber wie soll ich anfangen? Plötzlich sind die schönen Sätze verschwunden, die ich mir zurechtgelegt hatte. All die flapsigen Bemerkungen, die ihn darüber hinwegtäuschen sollten, dass dieses Gespräch für mich lebenswichtig ist, sind verflogen. Was bleibt mir also übrig, als direkt zur Sache zu kommen. Das andere hätte er mir ohnehin nicht geglaubt, so wie er guckt.

„Winfried, hör mal. Du hast da letzte Woche diese Frau zu mir geschickt. Am Montag, Du erinnerst dich doch?"

Sehr zögernd nickt er. „Die schöne Griechin? Deshalb bist du hier? Will sie ihre Rechnung nicht bezahlen? Glaub bloß nicht, dass du mich deswegen in Regress nehmen kannst, alter Junge!"

Er grinst schon wieder, wenn auch verhalten. Der würde vermutlich noch auf der Folterbank und mit Blut im Mund Witze über die Justizvollzugsbeamten machen.

Aber ich gehe nicht darauf ein. Ich bin ganz konzentriert. „Hast du sie gekannt?"

„Gekannt? Was meinst du damit?"

„Ganz einfach: Hast du sie vorher schon gekannt?"

Er lässt die Hand und den Blick sinken. „Natürlich nicht. Wie kommst du darauf?"

Das war die falsche Antwort. Die richtige Antwort hätte gelautet: 'nein'. Die Menschen lügen alle so schlecht.

„Also ja."

Winni ist jetzt sehr unwohl. Das Witzereißen ist ihm vergangen. Er fummelt an seinem Hemdkragen und sieht überall hin, nur nicht in mein Gesicht.

Ich hake nach. „Warum hast du sie zu mir geschickt? Es ging ja wohl nicht um diese Hustenpillen. Die hättest du ihr auch so verkaufen können. Und die zweite Frage, wenn wir schon mal im Gespräch sind: Warum hast du dabei so getan, als sei sie eine Unbekannte für dich, wo du sie doch offenbar gekannt hast?"

Er ringt die Hände, nein, eigentlich nur die Finger, mit mahlendem Kiefer starrt er aus dem Fenster. Dies alles ist ihm offensichtlich sehr, sehr peinlich, und das will bei Winni etwas heißen. Endlich öffnet er den Mund.

„Bernhard … Es ist so … Ja, mein Gott, ja, natürlich hab ich sie gekannt.“ Er arrangiert seine Tiegel und Fläschchen auf dem Tisch um. „Du übrigens auch.“

Das überrascht mich nun doch. „Ich? Das wüsste ich aber.“

„Doch. Hast sie mal gesehen. Bei mir. Im April, du erinnerst dich? Mein Geburtstag?“

Richtig, da war mal wieder eine dieser Partys. Ich glaube, es war sein Vierzigster. Damit er weiterspricht, nicke ich.

„Eigentlich hat sie geputzt bei mir, zweimal die Woche. Aber damals, da hatte ich sie zum Servieren angestellt. Gläser rumreichen und so. Nein, um der Wahrheit die Ehre zu geben …“ Endlich sieht er mir in die Augen. „Eigentlich hab ich sie als Dekoration angestellt. Hat ja schon saugut ausgesehen, das Mädchen. Und das mit den Gläsern, das hab ich ihr aufgetragen, damit sie nicht nur rumsteht. Und damals musst du sie einfach gesehen haben. Aber du würdest ja an deiner eigenen Mutter vorbeirennen, wenn du sie in der Stadt treffen würdest.“

Meine Mutter ist zwar seit Ewigkeiten tot, aber ansonsten ist da vermutlich was Wahres dran.

Seine Augen sind immerzu in Bewegung. Die Tiegel und Fläschchen finden keine Ruhe. „Geredet hast du natürlich nicht mit ihr. Lag aber diesmal ausnahmsweise nicht nur an dir. Sie war ja mindestens so schweigsam wie du. Du hast dich dann in einer Ecke rumgedrückt, dein allseits geschätztes Leckt-mich-doch-alle-am-Arsch-Gesicht gezogen und dir einen angesoffen. Aber du musst sie damals gesehen haben. So blind kannst du gar nicht sein.“

Unsicher blickt er auf, hat vielleicht Angst, zu grob gewesen zu sein, und plötzlich geht es nicht mehr weiter. Ich warte mit zunehmender Ungeduld und habe immer noch keinen Dunst, worauf das alles hinauslaufen könnte.

Nach vielen Sekunden fährt er gequält und mit heftig knackenden Fingergelenken fort: „Du *musst* sie einfach gesehen haben. Aber vor allem, *sie* hat *dich* gesehen. Hat mich dann noch am selben Abend darauf angesprochen. Ich kann ja ein paar Brocken Griechisch, war früher öfter zum Segeln in … und … Ach, Scheiße."

Winni war schon überall auf der Welt und kann sich vermutlich auch mit jedem Menschen dieser Erde in dessen Muttersprache unterhalten. Zumindest, wenn dieser Mensch weiblichen Geschlechts ist.

„Hast ihr komischerweise Leid getan. Hast wohl ihre Mutterinstinkte in Aufruhr versetzt, vielleicht hat sie auch eine verwandte Seele in dir entdeckt, keine Ahnung, was weiß denn ich … Es ist alles so eine Scheiße. Tut mir Leid, wirklich …"

Was tut ihm denn so Leid, um Gottes willen?

„Wir sind dann erst viel später auf die Idee gekommen, auch, weil sie immer wieder mal nach dir gefragt hat, und … Das Ganze sollte ein Scherz sein, weiter nichts, verstehst du? Wir haben gedacht, wir mischen dich mal ein bisschen auf, sollst auch mal was haben vom Leben und …"

„*Was* sollte ein Scherz sein? *Wer* wollte mich aufmischen? Und wer bitte ist 'wir'?"

„Was? Ach … Katharina und ich natürlich …"

Das klingt nicht überzeugend, ist aber momentan auch nicht von Belang. Jetzt will ich das eigentlich Wichtige wissen. „Und worin genau bestand nun euer … Scherz?"

Er schweigt, aber inzwischen habe ich auch so verstanden.

„Du willst sagen, sie wollte aus eigenem Antrieb zu mir? Es war alles geplant? Von ihr?"

„Ja-in. Ich hab sie dann darauf angesprochen, ob sie nicht mal Lust hätte, dich näher kennen zu lernen … Mehr im Spaß erst. Aber sie hat ja keinen Spaß verstanden, hat immer alles gleich so ernst genommen. Wie du ja auch. Erst, da hat sie groß geguckt, und dann hat sie genickt, so ernst und langsam. Hab sie ehrlich nicht groß bequatschen müssen, Herrgott … sie … war … na ja, leicht zu haben, wenn du verstehst, was ich meine. Hab ihr dann zweihundertfünfzig extra gegeben. Und weißt du, was der Witz war? Am nächsten Tag, da wollte die mir das Geld partout zurückzahlen. Und dabei hätte sie es ja wirklich gut brauchen können, und … Ich meine, du kennst ja nun ihre Wohnung und … Sie war aber keine Professionelle, nicht dass du das denkst! Aber, na ja, wie soll ich …"

Er grinst schon wieder. Etwas jämmerlich noch, aber er grinst. Leise erklärt er seinen Apotheker-Gerätschaften: „Ich sag immer: Hobby-Ornithologin, wenn du verstehst, was ich meine … Na ja, eben gut zu v…"

Wenn er den Satz zu Ende gesprochen hätte, ich wäre zum Doppelmörder geworden, und das muss er gespürt haben. Mein Anblick muss ihm einen fürchterlichen Schrecken einjagen. Soweit es geht, weicht er zurück, hebt beide Hände, gestikuliert stumm, als wollte er mir gleich das ganze Unglück seines Lebens erzählen oder ein todkrankes Kamel für teures Geld als Reittier andrehen.

Endlich findet er noch ein paar betretene Worte: „Bernhard, wirklich, es sollte nur ein Scherz sein! Um dich mal ein bisschen aus deiner verdammten Reserve zu locken! Wer konnte denn ahnen, was am Ende dabei rauskommen würde."

Jetzt jammert er also auch noch um Mitleid. Er kotzt mich so an. Ich kann plötzlich nicht mehr klar sehen und schon gar nicht antworten. Mein Magen fährt Karussell und mein Hals ist zugeschnürt. Wortlos und vermutlich nicht annähernd mit der Würde, die ich gerne ausstrahlen würde, wende ich mich ab. Ich verlasse die Apotheke grußlos und leicht schwankend.

Was ist dieser Kerl nur für eine Drecksau! Ich habe mich geirrt: Er ist keinen Deut besser als all die anderen. Aber das ist es nicht. Das Schlimmste, das Allerschlimmste ist: Anja hatte Recht, Katharina war eine Schlampe, nicht gerade eine Nutte, aber eine Schlampe. Eine Hobby-Ornithologin. Gut zu vögeln.

Die Mädchen sehen mich sehr seltsam an, als ich zur Tür hereinkomme. In ihren Augen flackert etwas zwischen Sorge, Mitleid und Furcht. Sie müssen mich inzwischen für verrückt halten. Warum auch nicht, sie haben ja Recht. Ich Trottel bin unsterblich verliebt in eine Schlampe, eine Hure, eine … Und habe sie auch noch eigenhändig ermordet.

Und ich habe mich noch in einem dritten Punkt getäuscht: Meine Achterbahn fährt immer noch mit beachtlichem Tempo. Eben war wieder eine dieser unerwarteten, schmerzhaft harten Kurven.

*

Wieder habe ich ohne Sinn und Verstand einen Nachmittag hinter mich gebracht. Ich weiß nicht, was meine Patienten von mir denken. Ein paar werden vermutlich nicht wiederkommen, aber was soll's. Einem habe ich einen schweren Betablocker gegen Blähungen verschrieben, der ihn vermutlich für längere Zeit flachgelegt hätte. Glücklicherweise hat Bettina es im letzten Moment gemerkt und nach vorsichtiger Rücksprache unauffällig korrigiert.

Jetzt hocke ich zu Hause, auf einem dieser Schnick-Schnack-Sofas, und noch immer dröhnt mein Kopf. Eine Hobby-Ornithologin. Gut zu vögeln. Ich habe das dringende Bedürfnis, jemanden zu verprügeln und weiß nicht, wen. Anja ist zum Glück nicht da. Vermutlich mal wieder Volkshochschule oder irgendeine Vernissage. Seit wir hier draußen wohnen, kümmert sie sich ja mit beeindruckender Emsigkeit um die Vervollständigung ihrer Bildung. Möchte auf ihren Partys auch mal hin und wieder ein paar geistreiche Brocken unters vornehme Volk werfen. Mich interessiert der ganze Mist nicht. Früher habe ich gerne gelesen, gute Romane, Mann, Grass, Böll, ein bisschen Arno Schmidt, die frühen Sachen. Max Frisch natürlich, *Homo Faber*. Aber ich brauche nicht vor aller Welt damit anzugeben. In den letzten Jahren hat mir die Zeit dazu gefehlt. Musik ist für mich Debussy. Und die alten Platten aus der Studentenzeit. Janis Joplin.

Auch mit der bildenden Kunst habe ich es nicht so sehr. So bin ich zum Beispiel auch beim besten Willen nicht in der Lage, in einem Haufen Brennholz ein Symbol für die Unterdrückung von irgendwem durch irgendwen zu sehen. Selbst wenn dieser Haufen in einem Museum mitten in einem großen Raum liegt, viele wichtige Leute beeindruckt murmelnd darum herumstehen und tausendmal im Katalog steht, es sei in Wirklichkeit gar kein Feuerholz.

Erst beim dritten Cognac legt sich das Dröhnen im Kopf allmählich. Es weicht einem dezenten Sausen, und beim vierten bin ich soweit geklärt, dass mir kurz nacheinander zwei Dinge mit einem derartigen Glockenschlag ins Bewusstsein schießen, dass ich mich verschlucke, einen Teil des Glasinhaltes verschütte und mir beim Husten die Tränen in die Augen schießen. Wieder ist alles so offensichtlich, aber ich bin wirklich nicht mehr Herr meines Verstands, zur Zeit dauert eben alles ein wenig länger bei mir.

Erstens: Als Winni sagte, 'Wir haben gedacht ...', da hat er natürlich keineswegs Katharina gemeint. Er war viel zu langsam mit seiner Antwort, er hat gelogen. Zweitens und viel wichtiger: Er sprach von Katharina in der Vergangenheitsform, 'Sie war ...' und: 'Wer konnte denn ahnen, was daraus werden würde ...'. Und noch viel deutlicher: 'Du kennst ja nun ihre Wohnung'.

Dass er von Katharinas Tod gehört hat, ist noch halbwegs erklärlich, aber woher zum Teufel kann er wissen, dass ich etwas damit zu tun habe?

Hier gibt es ein Komplott gegen mich. Diese Krögers, Penelope und ihr Mann, Winni, alle wissen alles. Nur ich und die Polizei wissen nichts. Ein Komplott, ja. Irgendjemand will herausfinden, was der Mensch aushalten kann, und aus unbekannten Gründen habe ich die Ehre, bei diesem Experiment das Kaninchen zu spielen.

Aber nun ist Schluss. Ich spiele nicht mehr mit. Ab sofort werde ich mich wehren.

Ich muss noch einmal mit Winni sprechen, und zwar jetzt gleich. Anrufen möchte ich nicht, denn ich will sein Gesicht sehen, wenn er mich wieder anlügt, und es juckt mich heftig in den Fingern, ihn anschließend zu verdreschen. Gewalttätigkeit gehört sonst nicht zu meinen Eigenschaften, aber nun reicht es. Irgendeiner wird jetzt büßen für alles, was mir zugestoßen ist, und Winni ist mit Sicherheit nicht der völlig falsche Kandidat dafür. Vermutlich ist er mir körperlich überlegen, aber selbst das ist mir jetzt egal. Es wird ihm nichts nützen, Schmerzen machen mir nichts mehr aus. Ich bin inzwischen eine Menge gewöhnt.

Plötzlich habe ich eine so maßlose, so gletscherkalte Wut auf ihn, stellvertretend für alle, die hier meinen, mit mir Schlitten fahren zu können.

Winni wohnt nicht weit von hier, an der Bergstraße. Logisch, denn mehr oder weniger der gesamte Jet-Set der Stadt wohnt hier in Neuenheim. Ein guter Kilometer vielleicht, fünf Minuten später bin ich dort. Obwohl es schon kurz vor acht ist, ist es immer noch drückend heiß. Die Wolken im Westen sind höher geworden. Ein böiger Wind treibt sie heran, ohne Abkühlung zu bringen. Ich schwitze wie üblich und spüre leider auch die Schnäpse. Das ist nicht gut, aber daran ist nichts zu ändern. Ich werde es auch so schaffen. Meine brodelnde Wut hält mich aufrecht.

Der Straßenrand ist vollgeparkt, es ist Abend, die Menschen sind zu Hause. Nach einigem Suchen finde ich endlich eine Parklücke hundert Meter von Winnis Haus entfernt, stelle den Wagen ziemlich unelegant ab, gehe die paar Schritte zu seinem Grundstück zurück, komme an seinem Rennwagen vorbei.

Er hat ein schönes Haus, viel schöner als unseres. Eine schnörkellose weiße Villa aus den zwanziger Jahren, mit einem halbrunden Vorbau mit hohen Sprossenfenstern. Früher befand sich dort ein Wintergarten, nach dem großen Umbau vor einigen Jahren ist er Teil seines Wohnzimmers, das jetzt fast das gesamte Erdgeschoss einnimmt. Oben auf diesem Halbrund gibt es eine wunderhübsche Terrasse mit Blick nach Südwesten, auf die Stadt. Das etwas alberne, schmiedeeiserne Gartentörchen, zu dem ich mich fast bücken muss, um die Klinke zu erreichen, lässt sich leicht öffnen, es ist gut geölt und fällt mit einem satten Klang hinter mir ins Schloss. Selbst dieses 'Klong' klingt noch nach Wohlstand und behaglicher

Selbstsicherheit. Ich steige ein paar Stufen hinauf und stehe vor der dunkel gebeizten Eichen-Haustür mit polierten Messingbeschlägen.

Als ich den golden blitzenden Klingelknopf drücke, viel zu lang drücke, fällt mir etwas auf. Etwas beunruhigt mich, ist nicht so, wie es sein sollte. Ich habe eben, vor wenigen Augenblicken erst, etwas gesehen, was hier nicht hingehört. Mein Gehirn hat ein Bild gespeichert, das es aus irgendeinem Grunde für so wichtig hält, dass es nicht gleich wieder vergessen werden darf. Es hat es aufgehoben, damit ich bei Gelegenheit darüber nachdenken kann. Und dieses Bild ist erst Sekunden alt. Ein Auto. Eben bin ich an einem roten Auto vorbeigegangen, einem kleinen italienischen Sportwagen, einem Alfa Romeo.

Ich drehe mich um.

Ich kann den Wagen auch von hier aus sehen, zwar nicht die Nummer, dafür aber die Aufkleber an der Heckscheibe erkennen, diese alten Aufkleber, die ich so gut kenne: Aix en Provence, Avignon, Arles.

Und plötzlich weiß ich, wen Winni meinte, als er 'wir' sagte.

Als er hinter mir die Tür öffnet, fahre ich herum, und ein paar ewig dauernde Sekunden lang stehen wir uns gegenüber wie zwei Zapfsäulen an einer aufgegebenen Tankstelle und glotzen vermutlich auch ähnlich intelligent. Jeder denkt, was das Zeug hält, keiner kann etwas sagen, beide sind wir so grenzenlos überrascht, dass es fast schon wehtut. Schließlich winkt er mich wortlos schluckend mit einer linkischen Bewegung herein.

Anja sitzt in seinem riesigen Wohnzimmer, das ich von zahllosen Partys kenne, auf einer Couch. Hier sind die Leder-Couches schwarz und wulstig. Englischer Landhausstil, natürlich alles überaus geschmackvoll. Es riecht nach Möbelpolitur und Pfeifenqualm. Ich hatte gar nicht gewusst, dass Winni Pfeife raucht.

Ich bin ja so ein ahnungsloser Trottel.

Natürlich ist sie nicht weniger überrascht als ich, wird puterrot, was ich bei ihr überhaupt noch niemals gesehen habe, zupft an der perfekt sitzenden Bluse herum, streicht sich übers Haar, weiß sich nicht zu helfen. Wenigstens ist sie angezogen, das Allerpeinlichste bleibt uns immerhin erspart. Winni steht bedröppelt in der Tür, zieht ein Es-tut-mir-ja-so-unendlich-Leid-aber-du-weißt-ja-wie-das-ist-Gesicht, und ich lasse mich in den nächsten Sessel sinken. Nein, fallen, im letzten Moment. Eine Sekunde später wäre ich umgekippt.

Wir starren uns an, wie sich in billigen Filmchen ertappte Ehebrecher und ihre Ertapper anzustarren pflegen. Kurz bevor es zu Tätlichkeiten kommt oder einer die Flinte von der Wand nimmt.

Ja, gleich wird es nun zweifellos Mord und Totschlag geben.

Winni ist langsam, ganz unmerklich näher gekommen. Jetzt steht er so, dass er mich abfangen kann, wenn ich Anstalten machen sollte, mich auf Anja zu stürzen. Das hat er aber wirklich ganz sachte und unauffällig gemacht. Er will die Situation nicht unnötig eskalieren lassen.

Es tut so verdammt weh.

Dabei habe ich sie doch gehasst, verabscheut, zum Teufel gewünscht, ihre Gegenwart geflohen, mir vorgestellt, sie sei tot – und nun tut es dennoch so weh? Ich verstehe das alles nicht.

Anja ist die Erste, die etwas herausbringt. Ihre Stimme klingt sehr verklemmt, als sie: „Na prima!“ hervorquetscht und sich zum fünften Mal mit der Hand über die Stirn fährt.

Ich nicke nur blöde. Sie machen nicht einmal den Versuch, es abzustreiten. Dabei wäre es ganz einfach. Noch ein Glas Eistee nach einem anstrengenden Tennis-Match, ein angeregtes Gespräch nach einem den Atem verschlagenden Kunsterlebnis. Aber nein, sie versuchen es nicht einmal.

Winni hat wohl das Gefühl, dass er, als der emotional am wenigsten Beteiligte an diesem Drama, das Gespräch moderieren muss. Aber auch seine Stimme klingt nicht so professionell und beherrscht, wie er es vermutlich gerne hätte. Dies hier scheint auch für ihn etwas Neues zu sein.

„Hör zu, Bernhard. Wir sollten versuchen, vernünftig darüber zu reden. Schließlich sind wir erwachsene Leute.“

Oh ja, das kenne ich doch alles irgendwie aus dem Kino.

Er gestikuliert ein bisschen herum, buddelt nach Worten, dann: „So was kommt in den besten Familien vor. Und die Jüngsten seid ihr ja nun auch nicht mehr. Da ist das doch was anderes als … Und Kinder habt ihr auch nicht, Herrgott, was soll also die Aufregung? Nun gut, es ist vielleicht ein bisschen überraschend für dich, das ist nicht okay. Es wäre besser gewesen, Anja hätte es dir auf schonendere Weise beigebogen. Aber du warst in den letzten Wochen ja auch nicht gerade ein Muster an Gesprächigkeit, das wirst du zugeben.“

Er versucht ein Lächeln, das ihm gründlich misslingt, sieht mich hoffnungsvoll an. Ich starre mit dem Gesichtsausdruck des berühmten Ochsen vor dem neuen Scheunentor zurück.

Nach Sekunden schlägt er sich die Fäuste an die Schläfen, macht aus der Hüfte eine theatralische Drehung und stöhnt: „Mann, was für ein Bockmist!“ Und mit Blick auf Anja: „Sag du doch mal was, Anchen!“

Wie kann diese Sau es wagen, meiner Frau einen Kosenamen zu geben? Noch dazu einen so abgrundtief dämlichen? Mich hätte sie geohrfeigt, wenn ich je mit so was gekommen wäre.

Auch Anchen ringt nach Luft und Worten: „Weshalb bist du denn überhaupt hergekommen?“

Das ist nun wirklich eine selten dämliche Frage.

„Was? Ich … weiß nicht …“ Leider fällt meine Antwort noch dämlicher aus. Ich habe tatsächlich vergessen, weshalb ich hier bin. Immerhin habe ich eben etwas gesagt, ich kann also wieder sprechen, wenn auch zugegebenermaßen nicht besonders geistreich, aber immerhin, vielleicht wird es mit der Zeit.

„Ich wollte … Scheiße, ist doch völlig egal jetzt … Ich versteh das nicht … Ich hab doch nicht gewusst … Eben hab ich draußen dein Auto … Und … Ich … Nein, ich begreif's einfach nicht … Was hab ich falsch gemacht?"

Das war schon ganz gut, glaube ich. So was sagt man wohl in einer solchen Situation.

Und sie lacht! Nicht laut, nicht lange, sie lässt es sofort wieder bleiben. Vermutlich, weil ich schon wieder mein Mördergesicht mache.

„Was du falsch gemacht hast?", gluckst sie. „Na, du bist gut! Was für eine Frage!" Sie lacht noch einmal, hebt Schultern und Hände und schüttelt den Kopf. „Du bist wirklich gut."

Was soll das? Warum spricht sie nicht weiter? „Was denn? Los, sag es! Was hab ich falsch gemacht, verdammt noch mal?"

Plötzlich ist sie so ruhig wie eine Katze vor dem Sprung. „Nichts hast du falsch gemacht, oder alles, was weiß ich. Überhaupt nichts hast du gemacht, das ist es doch gerade. In deiner Praxis geschuftet hast du. Aber sonst hast du nichts gemacht, überhaupt nichts mehr. Weißt du, ich hab nämlich absolut keine Lust, erst mit fünfundsechzig mit dem Leben anzufangen! Wenn wir es vielleicht einmal geschafft haben sollten! Quatsch, wenn *Du* es endlich geschafft haben solltest. Ich für meinen Teil habe es nämlich längst schon geschafft, verstehst du?" Ihre Stimme kippt über, sie schluckt und versucht sich zurückzunehmen. „Ich hab keine Lust, darauf zu warten, bis du wieder mal später als halb zehn einschläfst, ich will nicht warten, bis du irgendwann mal wieder gute Laune haben wirst, ich will nicht warten, bis du vielleicht irgendwann mal wieder von selbst auf die Idee kommst … Nun … Ach, Mist, mit mir zu pennen eben …"

Sie hat ganz offensichtlich einen Dachschaden. Zudem ist sie ziemlich verzweifelt, und das ist auch angemessen, finde ich. Das gehört sich so.

„Das ist doch alles Schwachsinn, was du da quasselst. Und selbst wenn es so wäre, warum hast du dann nie was gesagt?"

Ihre Augen sind auf einmal sehr klein. „Das ist eine sehr lustige Frage. Ausgerechnet von dir. Sehr komisch, wirklich. Ich lach mich gleich tot! Hihi!", zischt sie.

Und dabei sieht sie ganz und gar nicht nach Lachen aus.

Für einen Augenblick hält sie sich mit beiden Händen die Augen zu, dann fährt sie fort: „Es ist schade, mein Lieber, dass du nicht mal selbst versuchen kannst, ein Gespräch mit dir zu führen. Du würdest nämlich eine verblüffende Entdekkung dabei machen: Es geht nicht. Man kann nicht mit dir reden. Mein Kleiderschrank ist wesentlich unterhaltsamer als du. Und ich bin sicher, mit dem spreche ich inzwischen auch mehr. Der sagt zwar auch nicht viel, aber er ist wenigstens da und hört mir zu. Wenn ich dir was erzähle, irgendwas, nur damit überhaupt noch was geredet wird zwischen uns, dann hörst du ja gar nicht hin. Wenn ich dich was frage, dann besteht die Antwort aus maximal drei Worten. Wenn's irgendwie geht, aus Brummen, Grunzen, oder, wenn du mal ausnahmsweise besonders guter Laune bist, aus 'ja' oder 'nein'. Manchmal möchte ich dich prügeln, nur damit du endlich die Ohren aufsperrst oder wenigstens sonst irgendwie reagierst. Lange hab ich gedacht, es liegt an diesem verfluchten Klinik-Job. Hab gedacht, wenn du diese … diese … Praxis hast, dann wird es besser, dann bist du endlich froh und zufrieden. Hab mich so gefreut, als ich das Geld geerbt habe, aus diesem Grund, verstehst du: aus diesem einen Grund, dass du endlich ein menschenwürdiges Leben führen kannst, dass du zu dir kommst, auch mal die Füße auf den Tisch legen und das Gesicht in die Sonne halten kannst! Aber nichts da, der Herr malocht ja sogar noch mehr als zuvor. Auf wie viele Millionen willst du es denn gebracht haben am Ende, wenn ich fragen darf? Wie viel Geld wirst du anhäufen müssen, bis du zufrieden bist? Weißt du denn überhaupt noch, was dieses Wort bedeutet: Zufriedenheit?"

Au weia! Jetzt weint sie fast. Winni legt ihr ganz leicht die Hand auf die Schulter, um sie zu bremsen. Sie schüttelt ihn heftig ab. Er zuckt die Achseln, steckt die Hand ganz langsam in die Tasche zurück, sieht verlegen irgendwohin, auf den Boden, aus dem Fenster, und versucht überhaupt so zu tun, als sei er gar nicht mehr da. Er bewegt sich so, als stünde er drei Schritte von einem Tiger entfernt, der ihn bei der kleinsten falschen Bewegung anfallen und in Stücke reißen wird.

Ich bin sprachlos. Nie hätte ich mir vorstellen können, dass zwei Menschen dieselbe Situation auf so unterschiedliche Weise sehen können. „Aber ich hab immer gedacht ... Nein, ich hab gemeint ... Eigentlich hab ich gar nicht darüber nachgedacht, ehrlich gesagt ... Ich weiß nicht ... Entschuldige.“

Nein, ich weiß wirklich nicht. Vermutlich wird es Jahre dauern, bis ich wieder klar denken kann. Nach einer Weile nehme ich einen neuen Anlauf: „Gut. Mag ja sein, dass du Recht hast, aber trotzdem, das kann doch kein Grund sein, einfach so, ich meine ...“ Hilflos zeige ich auf Winni. „Früher warst du doch immer gegen so was. Warst empört, ich will sagen, wenn andere ...“

Oder stimmt das etwa gar nicht? War nur ich empört? Plötzlich bin ich mir in diesem Punkt nicht mehr so sicher. Dümmlich rudere ich mit den Händen in der Luft herum. Winni sieht zu mir herüber, zurückhaltend, sichernd. Bereit, dem Sprung des Tigers auszuweichen. Anja wartet.

Ich beschließe, einfach so zu tun, als hielte ich für wahr, was ich jetzt sage: „Du hast doch immer auf dem Standpunkt gestanden, dass so etwas nicht geht. Entweder – oder, hast du doch selbst gesagt. Entweder – oder, man muss sich entscheiden. Das war doch deine Meinung! Oder etwa nicht?“

„Mag ja sein. Dann habe ich meine Meinung eben geändert. Wenn du geruht hättest, dich dafür zu interessieren, dann hätte ich es dir vielleicht gesagt: Ich – habe – meine – Meinung – ge – än – dert! Wir sind seit so vielen Jahren verheiratet, Bernhard! Menschen ändern sich, schon mal bemerkt, ja? Du hast dich ja auch verändert, weiß Gott! Früher warst du ganz anders, na ja, vielleicht nicht gerade ein Spaßvogel, ja, aber ... anders eben. Früher wärst du auch nicht irgendwelchen dahergelaufenen Patientinnen nachgestiegen und hättest sie auch nicht hinterher ...“

Winni hält ihr den Mund zu. Wieder wehrt sie sich heftig, aber diesmal lässt er nicht locker. Und das ist gut so. Ich verstehe, warum er das tut. Er weiß, worauf es ankommt. Man darf mich nicht noch weiter reizen. Ich bin ein Mörder.

„So hör doch endlich auf!“, zischt er durch die Zähne. Anscheinend sieht er die Zeit gekommen, wieder als Moderator das Wort zu ergreifen. „Pass mal auf, Bernhard. Sie hat ja irgendwo Recht. Du sitzt auf dem falschen Dampfer. Du arbeitest zu viel und du lebst zu wenig. Anja ist eine so … fröhliche und quietschlebendige Frau, sie braucht Menschen um sich, Leben und Trubel. Und Beziehungen muss man pflegen, wie Autos, das solltest selbst du wissen. Und wenn man sie nicht mehr pflegen will, dann soll man sie in drei Teufels Namen aufgeben, verstehst du? Es ist schon anderen Paaren passiert, dass sie unversehens feststellen mussten, dass sie sich auseinandergelebt haben. Sie hat vollkommen Recht: Menschen ändern sich und sie verändern sich manchmal nicht unbedingt in die gleiche Richtung, verstehst du?“

Wenn er noch einmal sein blödes ‘verstehst du’ bringt, dann stürze ich mich auf ihn und mache ihn kalt. Für was hält er sich?

Es ist still. Ich bin dran. „Aber ich begreife einfach nicht, warum sie nichts gesagt hat. Es ist ja auch nicht wahr, dass wir überhaupt nie miteinander geredet haben. Sie lügt, sie übertreibt … maßlos …“

Es ist nicht zu fassen, ich diskutiere mit meinem Nebenbuhler über meine Frau. Aber es ist, glaube ich, im Moment die einzige halbwegs ungefährliche Möglichkeit für mich, mit Anja zu sprechen. Sobald ich sie ansehe, lodert eine Wut in mir auf, die mir Angst macht. Denn seit einer Woche weiß ich, wozu ich imstande bin, wenn ich einer Frau gegenüber in Wut gerate.

„Sie lügt wie gedruckt! Sie lügt ja anscheinend schon länger! Das ist doch alles nicht wahr, oder wenigstens, sie übertreibt …“

Ich drehe mich im Kreis, schon wieder fällt mir nichts mehr ein. Ich mache eine Pause. Winni sieht mich voller Verständnis an und ich ärgere mich rasend darüber.

„Das ist euer Privatproblem. Damit müsst ihr schon selbst fertig werden. Dabei kann ich euch leider nicht helfen.“

„Hast du denn den Eindruck gehabt, dass dich hier jemand um Hilfe bittet?“, belle ich ihn an.

Er guckt gequält, winkt ab, als sei ich ein lästiges Kind, das auf Spitzfindigkeiten herumreitet.

Ich finde langsam meine Sprache wieder und wende mich doch wieder an Anja: „Und es ist auch überhaupt nicht wahr, dass ich nie mit dir schlafen wollte, wenn wir nun schon mal beim Thema sind. Warum soll er es nicht hören. Es ist nämlich ganz im Gegenteil so, dass du in aller Regel abends im Bett ein derart leidendes Gesicht ziehst, dass es für meinen Geschmack schon an Vergewaltigung grenzt, auch nur den Versuch zu machen ...“

Ich komme zunehmend in Fahrt.

„Und, mit Verlaub gesagt, wenn ich es dann doch manchmal gewagt habe, dann hast du, widersprich mir gerne, wenn ich mich irren sollte, Kopfschmerzen, deine Tage oder sonst ...“

„Würdest du wohl gerne mit deinem Kleiderschrank schlafen?“, platzt sie heraus wie ein Giftfass, das von einem Lastwagen fällt.

Mir bleibt die Luft weg. Einmal mehr bin ich am Ende mit meiner Rede. Hasserfüllt starrt sie mich an. So habe ich Anja noch nie erlebt. Interessante Zeiten, wirklich. Ich bin regelrecht gespannt, was als Nächstes kommt. Es kommt knüppeldick:

„Habt ihr in eurem blöden Medizinstudium eigentlich nicht gelernt, dass auch Frauen einen Orgasmus haben können? Nein? Nie gehört?“

„Doch, aber nicht alle. Es gibt so vereinzelte, zickige Exemplare, verklemmte, protestantisch erzogene ... höhere Töchter, die haben eben keinen. Oder nur sehr selten.“ Ich höre mich mit Erstaunen sprechen. Ich bin ungewohnt beredt auf einmal. Wo kommt das her? Wo führt das hin?

„Du bist ein solcher Drecksack, ein solcher ... Widerling! Ich ... Ich hasse dich!“ Jetzt schlägt sie die Hände vors Gesicht und fängt tatsächlich an zu heulen. Sieht recht gekonnt aus, gute Geste, wirklich. Muss ich mir merken und bei Gelegenheit mal üben.

„Ja“, schluchzt sie, „ich hasse dich. Ich kann nicht mehr, ich will nicht mehr, ich … Ich hab es ja auch gar nicht nötig, verdammt noch mal. Ich lasse mich scheiden, ja. Du kannst deine wundervolle Praxis behalten, ich schenke sie dir. Von mir aus auch das öde Haus, deinen doofen Jaguar. Wir machen Halbe-Halbe und lassen uns scheiden. Ja?“

Dieses letzte, erstickte ‘ja’ klingt bittend, verzweifelt, tränenfeucht.

Aber mich rührt sie nicht mit ihrem Geflenne. Ich bin jetzt eisenhart. Ich bin durch die Hölle gegangen, während der letzten acht Tage. Dies hier ist für mich doch ein Kinderspiel. „Aber gerne, nichts lieber als das! Lassen wir uns scheiden. Ich könnte mir gar nichts Erfreulicheres vorstellen, als dein dummes Geschwätz endlich nicht mehr hören zu müssen, dein ewiges Gejammere, dein …“

Winni fährt sich mit beiden Händen in die Haare und unterbricht mich: „He! Hört auf damit! Ihr spinnt ja wohl! Trennt euch für ein paar Wochen, schlaft ein paar Mal drüber, getrennt, versteht sich, oder fahrt zusammen in Urlaub! Macht was ihr wollt, aber schlachtet euch jetzt nicht ab! Ich hab keine Lust, hier nachher das Blut aufzuwischen! Ihr seid doch erwachsen, Herrgott noch mal! Ihr werdet doch wegen so einer Kleinigkeit nicht alles hinschmeißen!“

„Du hast doch gar keine Ahnung, du …“ knurre ich ihn an. „Du hältst dich am besten raus hier, verstanden? Ich wüsste nicht, was dich das angeht!“

Inzwischen bin ich wieder einigermaßen klar, kann mehr als drei Worte im Voraus denken und finde, dass ich keine schlechte Figur mache in diesem Spiel. Und ich finde vor allem, dass dies hier wirklich eine Sache ist, die nur Anja und mich etwas angeht.

Dennoch spreche ich auf einmal wieder zu ihm: „Weißt du, dass ich mich fast in Stücke gerissen habe vor Gewissensbissen wegen dieser Geschichte mit deiner Griechin? Dass ich mich nicht getraut habe, Anja was davon zu sagen, weil ich dachte, sie dreht durch und lässt sich scheiden? Wo sie doch so was von anständig ist! Hab ich Blödmann gedacht! Und diese … diese … treibt's währenddessen fröhlich hinter meinem Rücken. Was weiß ich denn, wie lange schon? Vielleicht bist du ja gar nicht der Erste?"

Ich fühle mich jetzt ziemlich groß, im Recht, erhaben über diesen Blasen werfenden Sündenpfuhl.

Anja sieht mich an wie eine Klapperschlange ihre Abendmahlzeit. Sie zischt auch wie eine Schlange, ist jetzt sehr leise: „Ja, da hast du aber auch Recht, verflucht! Er ist keineswegs der Erste! Er ist noch nicht einmal der Zweite, verstehst du mich, du Torfkopf? Ich treibe es schon lange, verstehst du mich? Schon immer und mit vielen, verstehst du? Mit sehr vielen sogar! Manchmal mit zweien oder dreien gleichzeitig! Ich bin nämlich ein Flittchen, verstehst du mich?"

Mit jedem Wort wird sie lauter und am Ende lacht sie hysterisch, springt auf, hebt die Arme über den Kopf, dreht sich ein, zweimal, wackelt aufreizend mit dem schmalen Hintern und lässt sich nicht besonders elegant aufs Sofa zurückfallen. Jetzt ist sie restlos durchgeknallt. Sie will mich nur noch provozieren, um jeden Preis.

„Was meinst du wohl, wie wir zum Beispiel zu unserem Haus gekommen sind? Was meinst du wohl, warum mich Onkel Gregor zur Alleinerbin eingesetzt hat?"

Ich war schon fast so weit gewesen, ihr zu glauben. Aber jetzt hat sie den Bogen überspannt. „Mit diesem Greis?", frage ich mit kaltem Lachen. „Natürlich. Warum nicht auch noch mit seinem Hund?"

„Weil Ronja ein Weibchen war, du Arsch!", kreischt sie und fährt mir mit einem Schlachtmesserblick ins Gesicht. „Und stell dir vor: Es hat mir Spaß gemacht, stell dir nur mal vor! Es hat mir sogar großen Spaß gemacht!"

Winni wendet sich angewidert ab. Ich kann es ihm nicht verdenken.

„Ihr könnt mich mal im Mondschein besuchen“, sagt er. „Ich gehe jetzt spazieren. Versucht wenigstens ein bisschen was von der Einrichtung heil zu lassen, damit ich heute Abend nicht auf dem Fußboden sitzen muss, okay? Und zieht die Tür hinter euch zu, wenn ihr geht, ich nehme Schlüssel mit. Ihr seid ja nicht ganz dicht, alle beide. Ciao zusammen und viel Spaß noch!“

Rums. Er ist tatsächlich gegangen. Wir sitzen da und starren uns an. Anja hat plötzlich Angst, weil sie jetzt allein ist mit mir. Ich habe eine Gänsehaut am ganzen Körper und sehe vermutlich auch aus, dass man Angst vor mir haben muss.

Ich bekomme kaum die Zähne auseinander, als ich eine Art Antwort versuche, obwohl das Wort natürlich vollkommen falsch ist. Dies hier ist ja längst kein Gespräch mehr, mit Rede und Widerrede, Frage und Antwort. Das hier ist der Austausch von Dreck, Schweinereien, Fäkalien. „Du kotzt mich so an! Du bist so eine widerliche Sau! Du ... Ich hätte wirklich Lust, dir den Hals umzu...“

Und da kreischt sie aber los: „Na, dann tu's doch, du Hohlkopf! Warum versuchst du's denn nicht? Na los, zeig mal, was in dir steckt, du Maulheld! Worauf wartest du? Aber mach dich auf was gefasst, mein Lieber, mit mir wirst du nicht so leicht fertig wie mit deiner Putze! Hergelaufene Patientinnen ficken, hinterher kalt machen, und dann hier den Saubermann spielen! Aber eines kann ich dir versprechen, Verehrtester: Bei mir kommst du nicht mit ein paar Schrammen davon, darauf kannst du Gift nehmen! Wenn ich tot bin, dann hast du längst keine Augen mehr ...“

Sie zeigt mir ihre Krallen und Zähne und hat einen lebensgefährlichen Ausdruck im Blick, als sie genießerisch fortfährt: „Ich werde dir das Gesicht zerfleischen, dass dich niemals mehr jemand mit Appetit ansehen kann, ich werde dir die Nase brechen, die Ohren abreißen ... Na los, was ist nun mit deinen fürchterlichen Drohungen, du göttlicher Held?“ Ihre Pupillen sind nur noch Punkte. „Du machst mir keine Angst, du nicht! Mit dir werd ich doch im Schlaf noch fertig! Wer bin ich denn, mir von dir moralische Vorhaltungen machen zu lassen, du … du … Kleiderschrank!“

Der Abgang war schwach. Langsam scheint auch ihr die Munition auszugehen. Wir starren uns noch ein paar Sekunden an, und dann kann ich plötzlich nicht mehr. Mit einem Mal fühle ich mich wie ein Kind, dem jemand mit voller Absicht sein neues Spielzeug zertreten hat. Ich bekomme keine Luft mehr, muss immerzu schlucken, mein Gesicht ist ganz taub, meine Unterlippe beginnt zu zittern und die Tränen kommen diesmal, auch ohne dass ich husten muss. Das ist alles so abgrundtief widerwärtig, so eklig, so dreckig.

Ja, ich hasse Achterbahnen aus tiefster Seele. Warum kann es denn nicht aufhören? Das gibt es doch nicht, das widerspricht doch jedem physikalischen Gesetz? Alles hat irgendwann ein Ende, alles kommt irgendwann zur Ruhe, warum nicht ich? Was ist bloß schiefgegangen? Vor einer Woche oder wann? Ich weiß nicht mehr, auf jeden Fall ist es noch gar nicht lange her, da waren wir ein ganz normales Ehepaar, etwas abgeklärt vielleicht, nun gut, mit ein paar kleinen Problemen, wie jedes andere Paar auch, aber sonst: alles ganz normal, alles viel besser als bei den meisten anderen – und nun plötzlich liegt alles in Trümmern. Wir sitzen hier und schlagen mit großer Gründlichkeit und Umsicht alle Reste kaputt, die noch halbwegs heil waren, suhlen uns im Dreck, bewerfen uns mit Kot und Gift.

Als ich wieder aufsehe, weint auch Anja, lautlos und hemmungslos. Ihr ganzer zierlicher Körper bebt. Sie sitzt vorgebeugt, den Kopf gesenkt, die Hände auf den Knien und lässt ihre Tränen einfach laufen. Und auf einmal tut sie mir Leid. Sie ist so klein, so zart, sie ist doch immer noch ein Mädchen. Es war alles zu viel für sie, viel zu viel, sie kann so etwas nicht aushalten, und vielleicht hat sie ja auch ein kleines bisschen Recht mit dem, was sie sagt. Zumindest mit dem, was sie anfangs sagte.

Draußen wird es dunkel, viel zu früh, weil die Wolken den Himmel bedecken. Zwei- dreimal hat es auch schon verhalten gedonnert. Bald wird das Gewitter über uns sein. Vielleicht wird dann alles anders, vielleicht klärt sich manches, wenn diese grauenhafte Hitze aufhört, wenn es endlich, endlich abkühlt.

Als ich den Kopf wieder umwende, steht Anja mit verheultem Gesicht und laufender Nase vor mir und streckt mir die Hände entgegen. Ich erhebe mich mühsam und ungeschickt, und dann liegen wir uns in den Armen wie seit Jahrtausenden nicht mehr. Wir sagen nichts. Es ist wirklich viele Jahre her, seit wir uns das letzte Mal so umarmt haben. Ein einziges Mal noch, später, nach ihrer Fehlgeburt, als klar wurde, dass sie niemals wird Kinder bekommen können.

10

Winnis Einrichtung blieb unbeschädigt. Wir ließen den Alfa stehen und fuhren zusammen im Jaguar zurück. Es begann schon zu tröpfeln. Im Westen, über dem Rheintal, wetterleuchtete das rasch näher kommende Gewitter.

Jetzt regnet es draußen in Sturzbächen, kracht und blitzt, dass es eine Freude wäre, wenn so etwas wie Freude noch denkbar wäre. Aber das berührt uns nicht. Wir haben unser Gewitter hinter uns.

Seit über zwei Stunden sprechen wir nur das Nötigste. Aber es lastet kein Druck auf diesem Schweigen, da ist kein Zwang, etwas sagen zu müssen. Wir hängen unseren Gedanken nach und versuchen zu begreifen, was geschehen ist mit uns. Dazu trinken wir zusammen in kleinen Schlucken eine Flasche schön gekühlten Weingartener Riesling. Draußen donnert es im Sekundenabstand, der Regen peitscht gegen die gläsernen Terrassentüren. Hier drinnen ist es kühl und ruhig wie in einer Kirche.

Ich spüre inzwischen den Alkohol und schwitze trotz Klimaanlage schon wieder erbärmlich. Schließlich erhebe ich mich mühsam. Meine Gelenke knacken. Das Kreuz tut mir weh, so lange habe ich hier bewegungslos gesessen.

„Ich geh mal kurz duschen."

Hastig, fast erschrocken hält sie mich mit einer glühend heißen Hand fest. „Nicht! Geh jetzt nicht weg, bitte!"

Gehorsam plumpse ich wieder auf die Couch. Wir sehen auf die Marmorfliesen oder in unsere Gläser, nehmen hin und wieder zaghafte Schlückchen und schweigen. Das Gewitter wird allmählich schwächer. In der Ferne hört man Martinshörner. Überflutete Keller, umgestürzte Bäume, Verkehrsunfälle.

Schließlich bin ich es, der die ersten Worte findet: „Winni hat vielleicht Recht. Wir sollten ein paar Tage ausspannen, zusammen wegfahren. War alles ein bisschen viel in letzter Zeit. Schon vor dieser … Geschichte, und seither sowieso. Ich wundere mich immerzu, dass ich noch nicht verrückt geworden bin. Obwohl, vorhin, ich weiß nicht …"

Sie legt die Hand auf meinen Arm. „Du bist nicht verrückt, Bernhard. Du hast viel Stress zur Zeit, aber du hältst dich ganz gut."

Ich bin ihr so unglaublich dankbar für das, was sie sagt. Ich bin immer schon gerne gelobt worden, und in den letzten Wochen und Monaten hat es leider nicht viel Gelegenheit dazu gegeben. Und mir kommen, verdammt noch mal, schon wieder die Tränen. Nach Sekunden zieht Anja die Hand zurück.

„Ja, das wäre schön. Ein bisschen Urlaub. Nur ein paar Tage. Da werden deine Patienten ja nicht gleich alle in den Orkus gehen oder desertieren, wegen ein paar Tagen?"

Ich nicke. Ja, das wird gut werden. Alles wird gut werden. Ich könnte immerzu heulen wie Großmütter an Kindergeburtstagen. Der Regen hört ganz plötzlich auf. Von einer Sekunde auf die andere ist das Gewitter vorbei.

„Nein. Das werden sie wohl nicht", sage ich schließlich.

„Ein bisschen müssen wir wohl noch abwarten, bis das mit der … dieser … Griechin …"

Warum hat sie nur immer diese Abscheu in der Stimme, wenn sie von Katharina spricht? Sie wird ja wohl kaum eifersüchtig sein? Oder etwa doch?

„… ausgestanden ist. Vielleicht in zwei oder drei Wochen?"

„Ich muss ja auch den Mädels rechtzeitig Bescheid geben. Und eine Vertretung organisieren und so weiter. Aber in drei Wochen, doch, das könnte klappen."

Obwohl ich immer noch unauffällig schniefe und mir alle paar Sekunden die Augen wische, bin ich so erleichtert, so froh ohne jedes Maß. Als hätte ich alles Böse, das in mir gesteckt hat, vorhin mit einem einzigen mächtigen Knall von mir gesprengt.

Wieder sind wir lange still. Ich denke über unseren schrecklichen Streit nach und habe auf einmal das Gefühl, mich entschuldigen zu müssen. „Was man für Sachen sagt. Ich schäme mich so. Ich … Ich habe kein Recht, dich zu verurteilen, das stimmt. Ich habe dich betrogen, du hast mich betrogen. Wir sind quitt, sozusagen.“

Sie hält ihr Glas in beiden Händen, sieht mich aufmerksam an, schweigt.

„Darf ich dich was fragen?“

Sie nickt, ohne den Blick abzuwenden. „Alles.“

„Katharina. Dass ihr sie zu mir geschickt habt. Warum?“

Ihre Lider sinken herab. „Eine Wette“, sagt sie leise und sichtlich schuldbewusst.

„Eine Wette“, wiederhole ich, und der Mund bleibt mir offen stehen.

Sie nickt gequält. „Ich kann mir vorstellen, was du jetzt denkst. Natürlich waren wir nicht mehr nüchtern. Winni hat behauptet, jeder Mann sei verführbar, wenn die Frau nur hinreichend attraktiv ist. Mein Standpunkt war …“ Sie schluckt. Schluckt ein zweites Mal. Räuspert sich. „Ich sagte, okay, das mag für alle anderen Männer zutreffen, aber nicht für dich. Nicht für meinen Hippokrates.“

„Eine Wette.“

Sie sieht in ihr Glas.

„Um was? Um was habt ihr gewettet?“

Sie schließt die Augen, schüttelt den Kopf. Ich lehne mich zurück, verschränke die Hände im Genick und starre eine Weile an die Decke. Im Grunde ist das nun auch schon gleichgültig. Es spielt keine Rolle mehr, warum sie es getan haben.

„Es ist schlimm, was passiert ist“, sage ich schließlich heiser. „Aber nun ist es eben passiert, und wir müssen irgendwie damit leben. Müssen versuchen zu vergessen. Oder wenigstens zu verzeihen. Alles, was geschehen ist, was wir uns vorhin an den Kopf geworfen haben. Irgendwie werden wir darüber hinwegkommen. So was gibt’s überall mal, das renkt sich wieder ein.“

Anja sieht nicht auf. Aber sie hört genau zu.

„Vorhin, da hätte wirklich nicht viel gefehlt und ich wäre über dich hergefallen und hätte dir den … Hals umgedreht.“ Diesmal bin ich es, der die Hand auf den Arm des anderen legt. Meine Hand ist feucht, aber es scheint ihr nichts auszumachen. „Dabei hab ich dich mal so geliebt und ich glaube fast, ich liebe dich immer noch. Bin nur im Moment ziemlich durcheinander.“ Ich muss einige Male schlucken, bevor ich fortfahren kann. „Aber die Vorstellung, dich zu verlieren, tut mir sehr weh, das habe ich vorhin nach langer Zeit zum ersten Mal wieder gefühlt. Und das heißt doch wohl, dass ich dich liebe, nicht wahr?“

Sie nickt nur sachte und aufmerksam und lässt mich reden. Vermutlich ein seltenes Erlebnis für sie, dass ich mir so einfach alles von der Seele rede. Ihr Kleiderschrank erzählt.

„Aber du hast dich ja auch nicht lumpen lassen, weiß Gott.“ Ich versuche ein Lächeln. „War absolut filmreif, wie wir uns aufgeführt haben, vorhin. Winni wird uns ziemlich lange auslachen dafür. Hoffentlich erzählt er es nicht rum.“

Sanft schüttelt sie den Kopf. Leise sagt sie: „Das tut er nicht. Bestimmt nicht.“

Endlich sieht sie auf. Ich fasse ihren Unterarm und sehe ihr in die Augen. Sie erwidert meinen Blick ruhig und konzentriert. Fast wie … Katharina. Aber ihre Augen sind graugrün und ihr Blick ist nicht so offen, nicht so schutzlos. Sie traut mir noch nicht völlig.

„Wir kriegen’s wieder hin, ja? Wir werden Zeit brauchen, wir müssen viel darüber reden. Aber wir kriegen’s wieder hin. Eine Krise kann ja auch ihr Gutes haben. Ich werde in Zukunft weniger arbeiten, und du machst Schluss mit ihm.“

Sie sieht weg, nickt und lächelt unglücklich. „Wird mir wohl kaum was anderes übrig bleiben. Sonst bringst du mich am Ende doch noch um.“

Sie sagt das in einem Ton, und sieht dabei so traurig aus, als würde sie es ernst meinen. Jetzt müsste ich zu ihr hinüberrutschen und sie in den Arm nehmen. Aber ich finde nicht den Mut dazu. Wer weiß, wie sie reagieren würde.

„Anja! Ich würde dir niemals etwas antun, hörst du! Was denkst du denn? Niemals! Was man so daherredet, mein Gott. Du hast ja auch nicht schlecht ausgeteilt. Wir müssen das alles vergessen. So schnell wie möglich vergessen. Einfach nicht mehr dran denken. Die Sache mit deinen angeblichen Männergeschichten, dass du …"

„Es ist die Wahrheit."

„Ich meine, was man so sagt in der Aufregung – Was? Was ist wahr?"

Sie schweigt sehr lange und studiert mit großer Konzentration die Luftbläschen am Boden ihres Weinglases. Und dann sagt sie fast unhörbar leise: „Alles. Auch das mit Gregor. Alles."

Erst denke ich, sie will mich auf den Arm nehmen, möchte schon lachen, aber dann sieht sie hoch.

„Es hat immer andere Männer gegeben, Bernhard. Nie etwas Ernstes, immer nur kurze Geschichten, aber immer wieder, fast von Anfang an. Es liegt nicht an dir, glaube mir, du brauchst dir den Kopf nicht zu zerbrechen. Es ist etwas in mir … Wie ich schon vorhin … Nein, ich sag's nicht noch einmal."

Zur Zeit lebe ich wie im Kino. Ein nicht enden wollender expressionistischer Film voller Abscheulichkeiten, abrupter Wendungen, Nackenschläge, kurzer, trügerischer Ruhe gefolgt von umso widerwärtigeren Obszönitäten. Selbst wenn ich wollte, ich wäre nicht im Stande, etwas zu sagen.

Sie flüstert nur noch: „Du bist so ganz anders. Du warst immer verlässlich, du warst immer da, wenn ich dich brauchte. Ich will sagen, natürlich warst du nicht immer anwesend, aber ich habe gewusst, wenn ich dich mal brauche, dann wirst du da sein. Wie ein alter, bequemer Sessel. Man sieht ihn kaum noch an. Man denkt nie an ihn, man könnte ihn kaum beschreiben. Aber wenn man müde nach Hause kommt, dann lässt man sich hineinfallen ohne hinzusehen, und er steht an seinem Platz und fängt einen auf."

Ihre Hand zittert, als sie sich Wein nachschenkt. Die Flasche klimpert gegen das Glas.

„Das war es, was mir an dir immer so gefallen hat: dass du so ganz anders bist als ich. Von Grund auf anständig, verlässlich. Und, ja, unschuldig. Ich … ich bin ein Komet, und du warst meine Sonne, um die ich herumgebrummt bin. Mal war ich weg, mal war ich hier, ohne dass du überhaupt jemals etwas gemerkt hättest." Sie nimmt einen Schluck aus ihrem übervollen Glas und sieht immer noch nicht auf.

„Du hast es mir auch sehr leicht gemacht, Bernhard. Du warst ja so unendlich oft nicht zu Hause. Früher in der Klinik, später in der Praxis. Und Winni hat Recht, ich brauche nun mal Menschen um mich, Gespräche, Lachen und auch … bitte entschuldige … Zärtlichkeit. Und nicht nur zweimal im Monat."

Sie hebt den Blick. Ihre Lider flattern. Flehend sieht sie mich an, macht eine kurze Bewegung, als wollte sie mich berühren, zuckt zurück.

„Wann war das? Das mit Gregor?" Ich weiß selbst nicht, warum mich das interessiert. „Waren wir da … schon verheiratet?"

Müde nickt sie.

„Aber noch nicht so lange." Ohne hinzusehen stellt sie ihr Glas ab. „Er war ja nicht immer fünfundsechzig. Und er konnte ein so lustiger Kerl sein damals. Wir haben so viel gelacht auf dieser Yacht, das kannst du dir gar nicht vorstellen. Aber ich habe immer nur dich geliebt, Bernhard. Nur dich. Ich weiß, das klingt jetzt schrecklich abgedroschen, aber es ist die Wahrheit. Ich habe immer nur dich geliebt. Die anderen, das war … Spaß, Flirt … Nichts. Ein paar Tage, Wochen, dann war es vorbei. Immer. Wenn du mal hochgeguckt hast von deiner vielen Arbeit, dann war dein Komet längst wieder in der Umlaufbahn. Du bist so, sei bitte nicht böse, so vertrauensselig. So unglaublich harmlos."

Es ist keine Wut mehr in mir, nur noch Verwunderung. Einen Moment fürchte ich, dass ich gleich loslachen werde. In meinem Kopf geht es zu wie in einer Waschmaschine. Alles fliegt durcheinander. Manchmal kann man für Augenblicke etwas erkennen, flüchtig, aber meist nicht.

Nachdem wir uns eine Weile angestarrt haben und ihre Angst sich gelegt hat, bin ich wieder im Stande, etwas zu sagen. Ganz langsam, Wort für Wort, ohne jede Betonung. „Ich habe Katharina ermordet, weil du nicht erfahren solltest, dass ich dir untreu war.“

Sie nickt, schluckt, sieht weg, nickt noch einmal.

„Und ich war dir untreu, weil du und Winni es so wolltet. Weil ihr mir Katharina geschickt habt, damit ich dir untreu werde. Du und Winni.“

„Ich nicht. Ich wollte es nicht. Ich war wirklich überzeugt, du würdest nicht …“

Natürlich. Jetzt fängt sie wieder an zu heulen. Aber diesmal wird sie mir nicht Leid tun. Mit diesem wimmernden Weib hier habe ich nichts mehr zu tun. Soll sich der drum kümmern, zu dem sie gehört. Mich geht sich nichts an. Ich werde jetzt weggehen. Ich bin hier falsch.

Es ist das falsche Haus und die falsche Frau.

Irgendwann, vor langer Zeit, muss ich mich verlaufen haben. Ich werde herausfinden müssen, wann.

11

Noch am selben Abend bin ich in eine kleine Pension in der Nähe der Praxis gezogen. Anja habe ich nicht wiedergesehen. Wie haben uns nicht mehr gesprochen, nicht geschrieben, nicht telefoniert. Ich weiß nicht, was sie treibt und will es auch nicht wissen. Ich bin fertig mit ihr und glaube kaum, dass sich daran noch einmal etwas ändern wird. Inzwischen ist eine Woche vergangen.

Am Tage arbeite ich, so gut es eben geht, und es gelingt mir nicht einmal schlecht. Abends gehe ich spazieren, bis ich vor Erschöpfung ins Bett falle und sofort einschlafe. Ich ernähre mich von dem, was der Kiosk am Dante-Platz zu bieten hat, und war in Gegenden der Stadt, die ich nie zuvor gesehen habe. Ich schlafe wie ein gefällter Baum und träume nichts.

Beim Spazierengehen versuche ich nachzudenken, aber es kommt nicht viel dabei heraus. In meinem Kopf sieht es aus wie in einer Wohnung unmittelbar nach einem katastrophalen Umzug. Auf der Suche nach irgendwas räume ich Kisten von unten nach oben und von hier nach dort. Das Durcheinander wird dabei aber nur immer größer statt kleiner, und habe ich den gesuchten Karton endlich gefunden, dann weiß ich in der Regel nicht mehr, was ich darin zu finden hoffte.

Gestern habe ich während eines Spaziergangs den Neckar hinab beschlossen, oder besser, ist mir klargeworden, dass ich mich von Anja trennen werde. Das Gefühl von jenem Abend hat sich nicht geändert: Ich habe nichts mehr mit ihr zu tun, sie geht mich nichts mehr an. Und ich glaube, wenn ich weiterhin mit ihr zusammenleben würde, müsste ich immerzu Angst haben, mich eines Nachts auf sie zu stürzen und ihr ein Kissen …

Ich lege keinen Wert mehr auf ihr Geld, ich verzichte gerne auf Haus und Jaguar. Meine Praxis ist das Einzige, dem ich eine Träne nachweinen werde, aber es hilft nichts. Ich kann sie nicht behalten, selbst wenn Anja sie mir schenken wollte, ich könnte sie nicht annehmen. Alles, was sie berührt hat, ist schmutzig, verdorben, vergiftet. Ich werde mir wieder eine Stelle an einem Krankenhaus suchen, irgendwo, weit weg. Ich werde mir ein unmöbliertes Zimmer nehmen, es selbst mit Raufaser tapezieren und in ungebrochenem Weiß streichen. Auf den Boden, hoffentlich wird es ein Holzfußboden sein, werde ich eine Matratze legen, dazu ein paar Backsteine und ein Brett für meine Lieblingsbücher. Die Bücher und die Platten werde ich mitnehmen, sonst nichts. Alles andere kann sie behalten. Es ist mir wirklich gleichgültig. Alles. Einen kleinen Schrank werde ich vielleicht noch brauchen für zwei paar Jeans und einige karierte Holzfällerhemden.

Mit jeden Tag wird es unwahrscheinlicher, dass die Polizei Katharinas Mörder noch findet. Ich weiß nicht warum, es ist mir ganz und gar unerklärlich, aber sie kommen einfach nicht auf mich. Vielleicht suchen sie auch längst nicht mehr. Mindestens sechs Personen wissen, dass ich der Täter bin, und jeder hält aus irgendeinem Grund den Mund, es ist absurd. Krögers fürchten vermutlich das Finanzamt und den Skandal. Winni und Anja haben ihre eigenen Motive. Warum allerdings das Ehepaar Karathanos nichts sagt, ist mir unbegreiflich. Vielleicht, weil sie Katharina illegal eingeschleust haben? Aber deckt man einen Mord wegen einer solchen Bagatelle? Ich habe sogar schon überlegt, ob sic ihrc Cousine als Prostituierte gehalten und verkuppelt haben, aber der Gedanke erschien mir sofort abwegig. Winni hat maßlos übertrieben. Katharina war nicht so. Es ging ihr nicht um Geld, sie hat es ihm ja zurückgegeben, am nächsten Tag gleich. Sie wollte mit mir zusammen sein. Aus irgendeinem Grund mochte sie mich. Sie muss sehr einsam gewesen sein und hat vielleicht ein bisschen Wärme gesucht, weiter nichts.

Von Tag zu Tag glaube ich mehr, dass sie mich wirklich geliebt hat. Sie hat sich so offensichtlich gefreut, mich wiederzusehen.

Das Ehepaar Karathanos schweigt. Ich werde wohl niemals herausfinden, warum. Und ich werde sie natürlich nicht nach ihren Gründen fragen. Letztlich kann es mir gleichgültig sein. Sie sagen eben nichts, sie werden wissen, weshalb.

Manchmal muss ich mich auf meinen abendlichen Spaziergängen beherrschen, nicht in der Alten Eppelheimer Straße, nicht vor dem Haus zu landen, in dem Katharina gewohnt hat. Ich muss mich zwingen, Bergheim zu meiden, und inzwischen glaube ich zu verstehen, warum es uns Verbrecher an den Tatort zurücktreibt: Man hält die Ungewissheit nicht aus. Schon nach kurzer Zeit ist man sich nicht mehr sicher, ob nicht alles nur ein schlimmer Traum war. Man beginnt zu hoffen, dass alles gar nicht wahr ist und muss sich wieder und wieder davon überzeugen, dass es da tatsächlich diese Straße, dieses Haus, diese Wohnung gibt, wo das Unbegreifliche geschehen ist.

In den letzten Tagen habe ich begonnen, erste zaghafte Pläne zu machen, mein Leben neu zu organisieren. Meine Lebenskräfte scheinen wieder zu erwachen. Ich entwickle wieder so etwas wie einen Willen. Falls die Polizei irgendwann doch noch bei mir auftauchen sollte, dann werde ich souverän und mit meiner sonorsten Onkel-Doktor-Stimme meine Geschichte erzählen. Ich habe es tausendmal durchgekaut, ich kann es inzwischen im Schlaf. Was soll geschehen? Ich habe keine Vorstrafen, einen hervorragenden Leumund, warum sollten sie mir nicht glauben?

Was sollte ich, ein angesehener, wohlhabender Arzt, für einen Grund haben, Katharina, eine illegal eingewanderte mazedonische Putzfrau, die ich noch dazu nur ganz flüchtig kannte, zu töten? Nein, ich glaube, von dieser Seite besteht nun endlich keine Gefahr mehr. Jetzt können sie von mir aus kommen. Meine Achterbahn hat angehalten, ich stehe wieder auf festem Boden. Heftig durchgeschüttelt und mit wackeligen Knien noch, aber immerhin, ich stehe, und es wird mit jedem Tag besser.

Katharinas kleines Foto habe ich in meiner Schreibtischschublade, so dass ich es betrachten kann, wenn mir danach ist. Ich habe es in einen Rahmen getan, damit es nicht noch mehr beschädigt wird. Von Zeit zu Zeit sehe ich es an. Bettina musste mir sogar eine Lupe besorgen, weil es ein wirklich sehr kleines Foto ist, vier auf sechs Zentimeter höchstens. Man kann einen älteren Herrn mit enormem Bart erkennen, vermutlich den Patriarchen der Familie, daneben eine alte, natürlich schwarz gekleidete Matrone mit apathischem Gesichtsausdruck. Etwas abseits steht eine jüngere Frau mit einem vielleicht zehn- oder zwölfjährigen Mädchen an der Hand, das keck in die Kamera grinst. In diesem Mädchen bilde ich mir ein, Katharina zu erkennen. Wenn man das Gesicht lange genug mit der Lupe studiert, lässt sich eine gewisse Ähnlichkeit nicht leugnen.

Ihren Schmuck, das Notizbüchlein und die anderen Sachen habe ich in einen kleinen Karton gepackt, der im Hotel auf meinem Nachttisch steht. Damit kann ich nicht viel anfangen, außer alles jeden Abend in die Hand zu nehmen, lange anzusehen und wieder zurückzulegen. Das Foto aber, das muss ich immer bei mir haben.

Die Sprechanlage summt, ich erschrecke immer noch viel zu sehr. Meine Nerven werden noch ein paar Tage brauchen, bis sie wieder die alten sind. Bettina meldet, dass Herr Vogel mit den Gallensteinen, der um viertel vor sechs einen Termin hatte, nicht aufgetaucht ist. Vermutlich wieder einer mehr, der es vorzog, sich einen anderen Arzt zu suchen. Einen, der nicht immer wieder mitten im Satz verstummt und in irgendwelchen Gedanken versinkt. Der einen nicht innerhalb von zehn Minuten dreimal dasselbe fragt und einen nicht manchmal ansieht, als würde er sich wundern, wo man plötzlich herkommt. Das Wartezimmer ist also leer, wir haben eine Lücke bis zehn nach sechs, und spontan fasse ich einen Entschluss: Ich bitte Bettina zu versuchen, den folgenden Termin zu verlegen, auf später oder einen der nächsten Tage. Wenn das klappt, dann werde ich rasch in die Stadt fahren und mir meine Stereoanlage kaufen. Für mein weißes Zimmer, irgendwo.

Ein erster, symbolischer Anfang meines zweiten Lebens soll das sein. Eines Lebens ohne Anja, ohne Jaguar, ohne Partys und Rotary-Club, bei dessen Treffen ich sowieso nie war. Ohne Angst vor der Polizei.

Freedom is just another word for nothing left to lose.

Es dauert nur Sekunden, bis die Sprechanlage erneut summt. Bettina will mir das Ergebnis ihres Telefonats mitteilen. Dass es so schnell ging, muss ein gutes Zeichen sein. Sie hat den folgenden Patienten offenbar sofort erreicht. Ich drücke den Knopf.

„Doc, hier steht ein Herr von der Polizei, der Sie sprechen möchte. Geht das?"

Ich bekomme nur ein Grunzen heraus.

„Ich hab Sie nicht verstanden. Soll ich ihn nun reinschicken, Doc?", fragte sie nach einer Weile unsicher.

„Okay", krächze ich. „Geht schon okay."

Die schwere schalldichte Tür schwingt auf, und Augenblicke später steht ein freundlicher älterer Herr mit fast weißem Haar vor mir. Er ist ein wenig schäbig gekleidet, in einen hellgrauen, lange nicht gebügelten Anzug, trägt eine angestoßene Goldrandbrille, die dringend geputzt werden müsste. Der Mann hat eine ungesund blasse Hautfarbe und riecht, als würde er diesen Anzug seit Monaten tragen. Die Hoffnung flackert in mir auf, er könnte einer von diesen üblen Anlageberatern sein, die sich unter den absurdesten Vorwänden Zutritt verschaffen und einem das Schwarzgeld abluchsen wollen. Aber nein, er will nicht mein Geld. Linkisch legt er eine Visitenkarte vor mich auf den Tisch.

Kriminalhauptkommissar. Mehr lese ich gar nicht. Kriminalhauptkommissar. Ich hatte mir diese Leute ganz anders vorgestellt. Dynamischer. Aggressiver. Viel gefährlicher.

„Guten Abend, Herr Doktor Quentin", sagt er mit einer angenehm leisen, etwas verlegen klingenden Stimme. „Ich bin Ihnen wirklich sehr verbunden, dass Sie mich so kurzfristig vorgelassen haben. Kann mir denken, wie viel Sie zu tun haben."

Mit einer unbestimmten Handbewegung weist er in den Raum, auf die Einrichtung, und fährt, weiterhin freundlich lächelnd, fort: „Sie erlauben, dass ich mich kurz setze? Es wird auch bestimmt nicht lange dauern. Ich werde Ihre kostbare Zeit nicht lange in Anspruch nehmen müssen."

Stumm nickend deute ich auf den Patientenstuhl. Er nimmt umständlich Platz, rutscht herum, bis er bequem sitzt, zupft an seinen fadenscheinigen Ärmeln, sieht mich dabei immerzu freundlich und so beunruhigend harmlos an. Umständlich zieht er ein Papier aus der Innentasche seines Jacketts, faltet es mit an Gemeinheit grenzender Ordentlichkeit auseinander, streicht es sorgfältig glatt.

„Es ist nämlich so, Herr Doktor Quentin. Wir haben hier ein Telefax von unseren Kollegen in Thessaloniki." Er sieht auf. „Sie haben übrigens einen höchst merkwürdigen Namen", sagt er. „Ist Ihnen bewusst, dass Sie heißen wie eines der berühmtesten Gefängnisse der Welt?"

Für einen Augenblick glaube ich, er will mir eine Falle stellen. Aber er fährt schon fort, nach wie vor gutmütig schmunzelnd: „San Quentin. In den USA drüben. Ich weiß nicht, wo genau es liegt. Es gibt sogar ein Lied darüber, von Johnny Cash, glaube ich."

Was soll das? Will er mich fertig machen? Was er hier mit mir treibt, ist Folter, und so was ist bei uns verboten. Gleich fange ich an zu schreien.

„Aber wir wollen es nicht als böses Omen nehmen, nicht wahr?" Unerschütterlich steht dieses blöde Grinsen in seinem Gesicht. Ich schüttle in vollstem Einverständnis den Kopf, und endlich kommt er zur Sache.

„In Thessaloniki halten sich nämlich zur Zeit zwei Personen auf, nach denen wir nun schon eine ganze Weile gesucht haben. Es geht um einen Mord, hier in der Stadt, vorletzte Woche schon. Sie werden nichts davon gehört haben. Keine große Sache. Das Opfer war eine Frau. Eine sich hier illegal aufhaltende Ausländerin."

Ich nicke und sinke in meinen Sessel zurück. Auf einmal ist in meinen Ohren wieder dieses Dröhnen. Wie vor zwei Wochen. Seine Stimme wird leiser und leiser. Ich muss mich zusammennehmen, muss mich konzentrieren. Bestimmt biete ich ein Bild des Grauens. Aber zum Glück sieht er jetzt nicht mehr auf. Er hat die Augen fast geschlossen und spricht, als hätte er seinen Text mühevoll auswendig gelernt:

„Und diese Personen, es handelt sich übrigens um ein Ehepaar Kristian und Penelope Ka-ra-thanos …" Er lacht verlegen. „Sie entschuldigen, ich habe immer noch Probleme mit diesem Namen … Nun, diese beiden sind also Verwandte des Opfers. Herr Karathanos ist ein Cousin der Toten, wenn ich recht informiert bin. Zum Zeitpunkt der Tat haben sie sich hier in der Stadt aufgehalten und sind dann am nächsten Morgen in aller Frühe nach Griechenland geflogen. Heimaturlaub, wenn man so will."

Er strahlt mich an, als sei das alles kolossal lustig.

„Und diese beiden sagen nun merkwürdigerweise aus, dass Sie, Herr Doktor Quentin, das Mordopfer, Frau Katharina Karathanos also, am Nachmittag vor ihrem Tod gesucht hätten. Entspricht dies der Wahrheit?"

Mit gerunzelter Stirn sieht er wieder auf sein Blatt, als wolle er überprüfen, ob er auch nichts vergessen hat. Jetzt muss ich etwas sagen. Ich muss ganz locker und entspannt sein, in ruhigem, überlegenem Ton meine so gut vorbereitete, so vollkommen wasserdichte Geschichte erzählen. Vielleicht sollte ich auch ein wenig amüsiert lächeln dabei. Nur ein wenig natürlich, denn auf keinen Fall darf es so aussehen, als würde ich mich über ihn lustig machen. Das ist ganz leicht, es ist überhaupt kein Problem, ich habe ja alles parat, so oft geübt, immer wieder in Gedanken durchgespielt. Ich muss es nur sagen, nichts leichter als das. Wer ist der Kerl schon? Ein kleiner Beamter, dem bin ich doch tausendmal über. Und er hat ja offenbar nicht den geringsten Verdacht. Es ist eine Formalität. Er muss mich das fragen, damit die Vorschriften eingehalten sind, und ich muss nein sagen, und dann wird er wieder gehen. Eine reine Formsache. Er muss nun mal alles überprüfen, jeden noch so unsinnigen Hinweis. Das ist sein Job. Vorschriften. Ich muss jetzt nur endlich etwas sagen. Sofort. Ich balle die Fäuste, ich öffne den Mund.

Aber es kommt nichts. Immer noch wartet er geduldig schweigend auf meine Antwort, studiert sein zerknittertes Fax. Jetzt lässt er das Papier sinken, jetzt sieht er auf, in mein Gesicht, und dann begreift er sofort, in Bruchteilen von Sekunden, sieht mich mit wachsendem Entsetzen an, legt das Blatt langsam, ganz langsam auf den Tisch.

Ich mache sinnlose kleine Bewegungen, schlucke, will immer noch sprechen, alles abstreiten, mich verteidigen. Ja, jetzt endlich geht es, ich fühle es. Im letzten Augenblick finde ich meine Fassung wieder. Mein Mund öffnet sich.

„Gut, dass Sie endlich kommen“, höre ich meine Stimme sagen.

Auf einmal weiß ich, dass ich mein weißes Zimmer bekommen werde. Viel früher, als ich dachte. Leider wird es ein vergittertes Fenster haben, und vermutlich wird es dort auch keinen Holzfußboden geben, aber sonst wird alles genau so sein, wie ich es mir vorgestellt habe.

Ich darf auf keinen Fall Katharinas Foto vergessen.

Maeve Carels:
Blondes Gift
Kriminalroman

ISBN 3-934927-27-0
9,90 Euro

Peter Gerdes:
Stahnke und der Spökenkieker
Kriminalgeschichten
ISBN 3-934927-40-8
9,90 Euro

Kerstin Rech:
Das fünfte Geschlecht
Kriminalroman

ISBN 3-934927-35-1
9,90 Euro

Bernd Flessner:
Die Gordum-Verschwörung
Kriminalroman
ISBN 3-934927-23-8
10,- Euro

Dieter Bromund:
Die wandernden Sände
Kriminalroman
ISBN 3-934927-15-7
10,- Euro

Kai Engelke:
Der Vollzeiterschrecker
Kriminalgeschichten

ISBN 3-934927-13-0
10,- Euro